JÖRG SPITZER
HIER SPRICHT DER ZODIAC

„In der Bewegung liegt schon die Bedrohung, ganz am Anfang, da schiebt sich ein Auto durch die Nacht, eine Frau und ein Mann sitzen darin, songs of love oder vielleicht etwas mehr; in der Bewegung liegt die Freiheit, wir sind in Amerika, der Sommer der Liebe ist noch ein Versprechen, es ist das Jahr 1969, aber Unschuld ist etwas anderes. Diese beiden werden heute nur den Tod finden".

(Zitat aus dem Film Zodiac-Von David Fincher)

JÖRG SPITZER

HIER SPRICHT DER ZODIAC

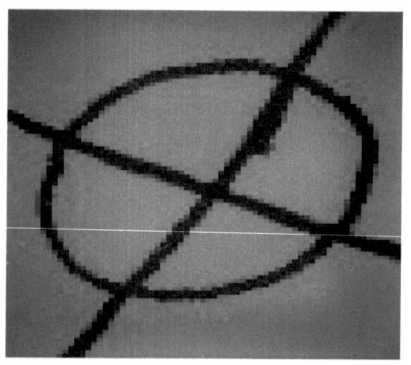

© 2023 JÖRG SPITZER
Herstellung und Verlag:
BoD – Books on Demand, Norderstedt
ISBN: 9783757818241

Das Böse ist des Menschen beste Kraft.

Friedrich Wilhelm Nietzsche

Die Ohrfeige war so hart und schallend das ich dachte, mir platzt der Schädel auseinander.

Ein paar sternähnliche Gebilde tanzten vor meinen Augen herum und ich glaubte, ein Railway Güterzug würde durch meinen Kopf donnern.

Vater steht mit wutverzerrtem Gesicht vor mir und hat mir nicht die Spur einer Chance gelassen diesem Mordsschlag auszuweichen.

„Blöder Kerl, pass doch einmal auf. Du Vollidiot. Bist ja zu blöde für Alles. Am liebsten würde ich Dir noch eine reinhauen, Trottel".

Er hob nochmals drohend den Arm aber schlug nicht wieder zu. Sein wettergegerbtes, dunkles Gesicht und sein braunes Haar verliehen ihm einen Ausdruck von Bedrohlichkeit. Seine riesigen, rauhen Hände unterstützen diesen Eindruck noch.

Ich sah ihn mit einem eisernen Blick an doch konnte ich ihn damit nicht sonderlich beeindrucken.

„Mach das Du weg kommst. Ich will Dich heute nicht mehr sehen."

Ohne ein Wort zu verlieren drehte ich mich um und ging in Richtung des alten Farmhaus zurück.

Dabei hatte ich es schon mehr als einmal gemacht. Wenn Vater den Draht um den Pfahl wickelte mußte ich nur eine Halterung mit dem Hammer in das Holz treiben. Das der mir dann abgerutscht war und den Alten am Knie getroffen hatte war Pech.

Also war ich nicht zu blöde dafür. Er war nur wieder zu besoffen um richtig arbeiten zu können.

Die Sonne schien heiß an diesem Julitag und jetzt um die Nachmittagszeit war es unerträglich.

Schweiß lief mir dem Gesicht herunter, meine Augen schmerzten von dem grellen Sonnenlicht und die Wange, auf die mich Dad heftig geschlagen hatte, brannte wie Feuer.

So schlenderte ich zum Haus, dass im gleißenden Sonnenlicht lag; man hörte förmlich das Holz ächzen unter der erbarmungslosen Hitze.

Ich ging an der alten Eiche vorbei die schon seit Tausenden von Jahren da stehen mochte. Sie erst verlieh dem einstöckigen Farmhaus mit seinem grauen Anstrich und seiner großen Veranda diesen Eindruck von Größe und Unnahbarkeit; so jedenfalls hatte es immer

Großvater Walt ausgedrückt, der Vater von Mum. Er war nun schon seit zwei Jahren tot, lag einfach in seinem Ohrensessel als ich Mittags aus der Schule kam und rührte sich nicht mehr.

„Er hat nicht viel gespürt, ist schlicht und einfach eingeschlafen und nicht wieder aufgewacht, war wohl das Herz. War´n guter Mann."

Doc Jenkins lapidarer Kommentar zu Opa`s Tod hatte mir meine Trauer auch nicht nehmen können und diese Wut, dass er tot war.

Wie saßen wir immer hinter dem Haus im Garten auf einer Holzbank in der kleinen Holzlaube. Geschichte, Erdkunde und vieles andere was einen Jungen wie mich interessiert hat wurde in stundenlangen Erläuterungen und Darlegungen regelrecht seziert. Und Großvater wußte eine Menge. Man konnte ihn alles fragen, stets hatte er eine Antwort parat. Da saßen wir so oft und schwelgten in unseren Gedanken: Wir ritten ebenso durch die Wüste Gobi in der Mongolei, hoch zu Pferde, wie wir ebenso hoch zu Kamel durch die endlosen Weiten der Sahara unsere Kreise zogen und uns wilde Schlachten mit den Tuareg lieferten.

Ich blieb stehen da ich etwas auf dem Boden liegen sah.

Es waren drei kleine Vogeljungen die aus ihrem Nest in der alten Eiche gefallen waren und hilflos piepsend auf der staubigen Erde lagen.

Sie lagen alle drei auf der Seite und konnten ihre Köpfe kaum hochhalten; mit den kleinen Füßen scharrten sie im Sand und stießen leise wimmernde Laute aus.

Ich sah mich kurz um. Vater klopfte fluchend und wie von Sinnen auf seinen Holzpfählen herum. Ansonsten war ich alleine. Mum war wohl noch in der Küche beschäftigt um das Mittagessen vorzubereiten.

So sah ich die kleinen Vögel nun an, zog mein großes Jagdmesser aus der Scheide, die ich am Hosenbund hängen hatte, und schnitt ihnen kurzerhand die dünnen und zarten Hälse durch.

Da liegen sie nun alle drei mit abgetrenntem Kopf und es sieht so aus, als wäre nichts geschehen. Eben nur das ich sie getötet habe..

Ein Gefühl der Gleichgültigkeit durchströmte mich, das der vorausgegangenen Hassattacke Platz gemacht hatte. Ich grub mit der Hand ein kleines Loch, warf die toten Vögel samt ihren abgetrennten Köpfen hinein und verscharrte sie.

„Junge, kommst Du zum Essen? Hey Bill, kommst Du auch bitte. Das Essen ist fertig."

Mum hatte mich aus meinen Gedanken gerissen.

Hastig steckte ich das Messer zurück in die Scheide und ging die Treppenstufen zum Haus hoch.

„Tut mir leid wegen vorhin, Junge", Dad trat hinter mich und fuhr mir mit seinen riesigen Pranken durchs Haar. „Wollte Dir keine kleben, vorhin. Hab mal wieder ein bißchen zu viel Streß. Sorry, mein Sohn. Okay?"

Er sah mich mit seinen großen blauen Augen an und augenblicklich konnte ich ihm nicht mehr böse sein.

„Schon gut, Dad. Ich bin alt genug um zu wissen das die Farm nicht gut läuft. Ich sehe das schon. Ich weiß Du arbeitest hart und viel. Und Mum ebenso."

Wir gingen ins Haus hinein und betraten die große Küche. Es roch wunderbar nach Essen. Mum hatte wieder herrliche Steaks gebraten mit ihrem so unverwechselbar gemachten Kartoffelpüree dazu und der Essensduft durchströmte das ganze Haus, so, als wolle er die warme Herzlichkeit des Gebäudes unterstreichen.

Wie immer hatte Mutter liebevoll den Tisch gedeckt und bereits das herrliche Essen auf die Teller gelegt.

Ihr blondes Haar war zu einem adretten Knoten gebunden und ihre tiefblauen Augen, die so liebevoll schauen konnten, verliehen ihr ein stolzes Aussehen, obwohl sie nicht sehr groß war.

Nach dem Tischgebet langten Dad und ich erst einmal tüchtig zu. Ich hatte großen Appetit. Die Arbeit auf der Farm war etwas ganz anderes als den ganzen Tag in der Schule zu sitzen.Sie interessierte mich nicht. Zum Glück waren jetzt Sommerferien und ich brauchte diesen schrecklichen Ort für die erste Zeit nicht mehr aufsuchen. Es wurde auch von Jahr zu Jahr immer schlimmer. Ich war nun mal ein Einzelgänger und konnte mit den Anderen in der Schule nichts anfangen.

Manchmal ekelten sie mich regelrecht an mit ihrem Gerede und Getue. Ich war nicht sehr beliebt und wollte es auch nicht mehr sein. Mum und Dad hatten oft versucht mit mir darüber zu reden. Doch es hatte nichts gebracht. Dieses letzte Jahr auf der Highschool würde ich auch noch hinter mich bringen: Farmer wollte ich werden, wie Dad. Das war mein einziger Wunsch. Und meine Ruhe wollte ich haben. Aber die hatte ich jetzt.

Dafür mußte ich nur einmal kräftig hinlangen, vor einigen Tagen als mich dieser Schwachkopf von Dave Miller wieder einmal kleines, fettes Dickerchen genannt hatte und unter dem Gelächter der anderen seinen scheinbaren Triumph auskosten wollte. Doch diesmal hatten sie die Grenze überschritten. Dieses eine Mal hatte das Faß zum Überlaufen gebracht. Und so sollte es auch bis in alle Zukunft bleiben.

Krachend fuhr meine rechte Faust in sein Gesicht und beendete die billige Vorstellung. Als er dann so winselnd und jaulend vor mir auf dem Boden lag, hätte ich ihm am liebsten noch einen Tritt verpaßt. Zum Glück für ihn kam einer der Lehrer hinzu und hielt mich ab. Seitdem machten die anderen einen großen Bogen um mich, wenn sie mich sahen. Mir sollte es mehr als recht sein...

„Junge, alles okay bei Dir. Was ist los?"
Ich erschrak fürchterlich und sah auf. Dad und

Mum starrten mich an als hätten sie den Geist von Grandpa gesehen.

„Du schaufelst das Essen nur so in dich hinein und murmelst dabei unverständliches Zeug. Ist Dir nicht wohl?" Mum sah mich sorgenvoll an und Dad faßte mit seiner Hand über den Tisch an meine Stirn um auszuschließen, dass ich vielleicht einen Sonnenstich erlitten hatte.

„Der Junge hat eine ganz warme Stirn", Dad`s besorgte Stimme rief Unbehagen in mir hervor. Schließlich fehlte mir nichts; ich hatte lediglich Gedanken gewälzt und das schmackhafte Essen dazu tat sein übriges.

„ Nein", entfuhr es mir unwillig, „Mir fehlt nichts. Bin nur etwas müde und außerdem schmeckt das Essen herrlich." Damit gaben sie sich zufrieden und ich konnte endlich auf mein Zimmer. Endlich allein.

Der nächste Morgen versprach wieder ein strahlender und sehr warmer Tag zu werden, wie schon in den vergangenen Wochen.

Heute war Samstag und bis auf wenige kleinere Arbeiten, die ich zu verrichten hatte, war dies ein freier Tag.

Nach dem Frühstück verließ ich gegen acht Uhr das Haus. Als ich hinaus auf den Farmhof trat, schlug mir schon heiße Luft entgegen, und ein tiefblauer, wolkenloser Himmel spannte sich über das Farmland.

Von der nahegelegenen Lake Herrman Road hörte ich das leise Brummen von Automotoren, vermischt mit dem Summen von Fliegen und dem Zwitschern der Vögel.

In diesem Moment erschien alles so ruhig und friedlich,so, als wären Mum, Dad und Ich die einzigen Menschen auf dieser Welt. Ich holte mein Rad aus dem alten Geräteschuppen neben der Scheune und fuhr die staubige, unbefestigte Straße die zur Farm führte, hinunter bis zur Lake Herrman Road.

Von dort aus war es praktisch nur ein Katzensprung bis zum grün-blauen Lake Herrman jenem See, der manches Geheimnis sein Eigen nannte. Was genau aber damit gemeint war, vermochte mir niemand zu sagen. Selbst Grandpa nicht.

Rechts und Links von mir lagen die mit sattem grünen Gras bewachsenen sanften Hügel des Vallejo County. Manch einer sagte, das dies die schönste Gegend Kaliforniens sei. Hin und wieder wurde das Ganze durch große Felder unterbrochen, auf denen Mais oder Tomaten wuchsen und das Gelb und Rot schien ineinander zu verschmelzen.

Dieser Anblick der Natur faszinierte mich täglich auf das Neueste, dieses wunderbare Zusammenspiel der Farben, die sich dem Beobachter boten, waren immer wieder eine Augenweide.

Ich überquerte die sich dahin windende Lake Herrman Road, die nach Vallejo hinein führte, und fuhr einen langen,staubigen Schotterweg hinunter bis zum See.

Die für Kalifornien so typischen Hügel umgaben den nicht allzu großen See und an seinem Ufer wuchsen nur vereinzelt Kiefern, die hoch in den Himmel wuchsen und dennoch Schatten spendeten.

Flach fiel das Ufer zum Wasser ab und der graue Boden verschmolz mit der blau-grünen Farbe des See.

Ich stieg vom Rad und lehnte es an einen der wenigen Bäume.

Der Herrman See war kein allzu großes Gewässer. Bis zum gegenüberliegenden Ufer waren es vielleicht 200 Yard. Aber das schönste an diesem Ort war, dass hier nie viel los war. Ob am Wochenende oder auch in der Woche, man sah hier kaum Menschen.

Für mich ein idealer Ort um allein sein zu können.

Auch jetzt war keine Menschenseele zu sehen und so setzte ich mich an den Rand des Ufers und starrte auf das sich durch den Wind leicht kräuselnde Wasser des See.

Hier hatte ich nun meine völlige Ruhe. Niemand störte mich und meine Gedanken. Sie sollten mich alle in Ruhe lassen. Auch Dad und Mum, so lieb ich sie auch beide hatte. *Du mußt studieren, Junge. Sei nicht so dumm und vergeude dein Leben mit der elenden Schufterei auf der Farm. Sieh Dad und mich an.*

Wie oft hatte Mum das zu mir gesagt. Diese gut gemeinten Ratschläge. Ich konnte sie beim besten Willen nicht mehr hören. Farmer wollte ich werden und sonst nichts. Einer der mich wirklich verstanden hatte war Grandpa gewesen. Wie oft hatte er zu mir gesagt „Junge, geh deinen Weg und laß dich nicht von anderen beirren. Tue das, was Du meinst tun zu müssen."

Diese Sätze hatten sich in meinem Gehirn eingebrannt. In diesem Moment war es so, als säße Grandpa jetzt leibhaftig neben mir und würde mir diese Worte zuraunen. Ich hörte geradezu seine ruhige und klare Stimme.

Leise plätscherte das Wasser des See ans Ufer und die kleinen Wellen berührten hin und wieder meine Schuhe. Die Sonne brannte erbarmungslos und ich spürte wie mir warm wurde.

Im Uferwasser spiegelte sich mein Körper.

Meine stämmige Figur erschien noch größer und massiger, als sie ohnehin schon war, und mein dicklicher Kopf, mit den welligen braunen Haaren, nahm im sich bewegenden Wasser skurrile Formen an.

Plötzlich nahm ich vom andere Ufer Stimmengewirr und lautes Lachen wahr.

Ich erblickte eine Gruppe junger Leute, etwa so alt wie ich, zwei Jungen und zwei Mädchen.

Sie kamen den Hügel heruntergelaufen mit einem grünen Schlauchboot in der Mitte und ließen es unter lautem Gejohle zu Wasser. Dann stürzten sie sich in den See und tollten ausgelassen herum. Hasserfüllt sah ich zu ihnen herüber.

Da war er wieder, dieser unbändige Haß. Innerhalb von wenigen Sekunden bemächtigte er sich meiner Gedanken, ohne das ich auch nur im Entferntesten etwas dagegen hätte machen können.

Es hatte schon früher nicht geklappt. Ich weiß nicht woher er kam. Auf einmal war alles da. Dieser Haß auf alles Gute und Schöne, auf alles Gute und Schöne das vor allem Menschen betraf. War es seit Grandpa`s Tod? Nein. Diese Frage hatte ich mir schon so oft selber gestellt. Es war schon vorher so. Ich konnte es mir nicht beantworten. Und mit anderen darüber sprechen wollte ich auch nicht. Sie hätten mich auch gar nicht verstanden.

Ich stand auf und ging langsam zu meinem Fahrrad, ohne mich umzudrehen. Diesem fröhlichen und ausgelassenen Stelldichein sollte meine Anwesenheit ein jähes Ende bereiten.

Um auf die andere Seite des Sees zu gelangen mußte ich gut eine halbe Meile fahren.

Das Gelächter der Gruppe begleitete mich bis hoch zur Lake Herrman Road und stachelte mich und meine Wut nur noch mehr an. Sie hatten noch nichtmals Notiz von mir genommen.

So raste ich die Straße entlang bis zu einem

abseits gelegenen kleinen Parkplatz. Dort angekommen schlich ich mich vorsichtig umschauend einen Hügel hinauf. Außer einem roten Buick Gran Sport war auf dem Parkplatz nichts zu sehen. Damit waren die feinen Herrschaften wohl hier her gekommen um sich zu amüsieren. Sie sollten ihre Freude bekommen...

Am Ende des Hügels stand hochgewachsenes, trockenes Gras; und einige Sträucher dazu boten einen hervorragenden Sichtschutz. Die vier tollten immer noch im Wasser herum, wobei einer der Jungen in dem Boot saß und von den anderen unter lautem Gelächter hin und her gestoßen wurde. Meine Steinschleuder hatte ich schon in der Hand. Grandpa hatte sie einmal für mich angefertigt, aus Stahl mit einem Kunststoffgriff und einem besonders harten Gummi; bestens geeignet für größere Steine, etwa so Handtellergroß. Von der Hügelkuppe aus bis zu der Gruppe waren es etwa einhundert Meter Luftlinie. Ich hatte schon viel mit der Schleuder trainiert, so dass die Entfernung keine Rolle spielen durfte.

Der erste Stein trifft sein Ziel nicht und fällt, unbemerkt durch das laute Geschrei, einige

Meter weiter ins Wasser. Es folgt eine regelrechte Salve von fünf weiteren Steinen, die ich aus einem eigens dafür angefertigten Lederbeutel fische. Aus dem unbekümmerten Freudengeschrei wurde in sekundenschnelle ein Stöhnen und schmerzvolles Gejammer.

Drei von ihnen faßten sich an den Kopf und stießen Schmerzlaute aus. Ich kümmerte mich nicht weiter darum, ging langsamen Schrittes den Hügel hinab, setzte mich auf mein Fahrrad und fuhr ohne große Eile davon.

Ich fühlte mich großartig. so, als hätte ich etwas Einzigartiges geschaffen. Eine tiefe und beruhigende Gleichgültigkeit hatte von mir Besitz ergriffen.

Dieser Dezemberabend war kalt und frostig.

Den ganzen Tag über war es schon kalt gewesen doch gegen Abend fielen die Temperaturen in den Minusbereich. Und das auch noch ein paar Tage vor dem Weihnachtsfest.

Im Wohnzimmer des Farmhauses hatte ich es mir gemütlich gemacht, trank ein Glas Bourbon und rauchte dabei genüsslich ein Zigarillo.

Die Kälte draußen kam mir gelegen, denn das goldene Kalifornien mit seinem ewigen warmen Sonnenschein ekelte mich schon seit langem an.

Liebevoll betrachtete ich den Browning High Power 9 mm Revolver, den ich in meiner kühlen Hand hielt. Trotz seiner dunklen Farbe schimmerte er wie ein Saphir im Mondlicht.

Mum und Dad waren schon früh zu Bett gegangen. Die jahrelange harte Farmarbeit forderte jetzt, seit sie alt waren, ihren Tribut.

Es hatte sich ja auch viel ereignet in den letzten Jahren. Das gesamte Farmgelände hatte Dad an einen großen landwirtschaftlichen Betrieb verkauft. Bis auf das Haus und ein halbes Hektar großes Grundstück gehörte uns nichts mehr.

Dad hatte eine Menge Geld dafür bekommen und die beiden konnten jetzt ihren mehr als verdienten Lebensabend genießen. Ich gönnte es ihnen von ganzem Herzen. Wenn es jemand verdient hatte, dann sie.

Ich wohnte immer noch auf der Farm. Wo sollte ich auch hin? Den Eltern war es recht so, sie waren froh darüber, dass ich noch bei ihnen war.

Und ich war froh darüber nicht allein in dieser widerlichen Welt da draußen sein zu müssen.

Nach dem Highschool-abschluß hatte ich in mehreren Jobs gearbeitet; auch Ausbildungen waren dabei gewesen, doch so richtig Spaß hatte mir nichts bereitet. Der letzte Job in einer Autowerkstatt war zwar nicht so wie die anderen schlecht gewesen aber...

Ein knarrendes lautes Geräusch unterbrach meinen Gedankenfluß. Dad kam die alte Holztreppe herunter und begab sich zu mir ins Wohnzimmer. Rasch verstaute ich den Revolver in ein Schulterhalfter, dass ich am Körper trug. Gerade hatte ich meine Jacke darüber gezogen, als Dad auch schon vor mir stand.

„ Na Junge, noch wach? Kannst Du nicht

schlafen oder willst Du noch weg? Ist ja schließlich Wochenende und Du bist sowieso viel zu wenig unterwegs. Früher war das anders."

Mit einem tiefen Seufzer setzte sich Vater zu mir auf das alte Sofa, dass Grandpa noch selbst gezimmert hatte.

„Will noch mal weg, nach Vallejo rein, vielleicht treffe ich noch ein paar Kollegen. Ist ja noch relativ früh am Abend."

Dad sah auf das Whiskeyglas, dass auf dem dunklen Zedernholztisch vor mir stand. „Hast Du nur den einen getrunken?"

„Ja, Dad. Nur den einen und nur ein viertel Glas, Du kennst mich doch. Wenn ich noch fahren muß..."

„Schon gut, Junge. Ich weiß. Will dich auch nicht länger stören. Wollte nur etwas trinken. Habe einen höllischen Durst. Vergiß nicht das Licht auszumachen und abzuschließen wenn Du fährst. Mach`s gut Junge. Bis morgen."

Damit stand er umständlich vom Sofa auf und ging mit kleinen schlurfenden Schritten in die Küche. Dabei verursachten seine halboffenen Hausschuhe ein rhytmisches, klapperndes Geräusch, dass in mir Wut erzeugte. Warum wußte ich nicht. Dies war schon lange so.

 Etwa eine halbe Stunde blieb ich noch allein im Wohnzimmer sitzen bevor ich losfuhr. Mein weißer Chevrolet Impala stand direkt vor dem Haus und ich hatte das Gefühl, dass er mich bereits erwartet hatte. Ich stieg ein und sagte zu ihm wie zu einem alten Freund: „Okay, Baby, dann wollen wir mal los.

Ein guter Abend zum Sterben, findest Du nicht auch?"

Er sah wie ein gehetztes Tier in den schon recht stumpf aussehenden, quadratischen Spiegel, der in seinem Zimmer auf der Fensterbank stand. Dabei war es noch Zeit genug, kein Grund zur Eile eigentlich.

Mary Lou würde schon auf ihn warten, auch wenn er zu spät kommen würde. Mit der linken Hand fuhr er durch sein dichtes, leicht gewelltes blondes Haar und mit der rechten Hand rückte er den Knoten der dunkelblauen Krawatte zurecht, die er von Vater zum Geburtstag geschenkt bekommen hatte. Er wußte das er ein verdammt hübscher Bursche war. Nicht zuletzt hörte er es fast jeden Tag in der Highschool. Und natürlich sah er es auch an den Blicken der Mitschülerinnen.Mike`s blaue Augen und sein ebenmäßig erscheinendes Gesicht mit den strahlend weißen Zähnen und der schlanken, großen Statur bewirkten ihr übriges.

Das Ganze wurde noch dadurch abgerundet, dass er Quarterback in der Footballmannschaft der Highschool war und dazu noch einer der jahrgangsbesten Schüler. Was konnte das Leben einem jungen Menschen mehr versprechen?

Und heute Abend war er mit dem hübschesten Mädchen aus ganz Vallejo County verabredet. Ach was, sie war das schönste Mädchen von Kalifornien.

Er legte die schwarze Timex Taschenuhr an, die er von den Eltern zum Geburtstag geschenkt bekommen hatte, zog etwas hastig eine dunkelbraune Lederjacke über und befand sich nach einem letzten Blick in den Spiegel selber für unwiderstehlich.

Nach einer kurzen Verabschiedung von den Eltern, die gerade vor dem Fernseher saßen, stieg er in den blauen Ford Rambler ein, der eigentlich seiner Mutter gehörte und fuhr zum verabredeten Treffpunkt.

Mary-Lou verfiel in immer mehr Hektik und wurde von Sekunde zu Sekunde immer nervöser. Dabei war sie noch vor einer Stunde die Ruhe selber gewesen. Das erste richtige Treffen mit Mike, dem hübschesten Jungen der gesamten Hogan Highschool. Und ihr erster richtiger Freund.

Aber je näher jetzt das Treffen rückte umso aufgeregter wurde sie.

Das braune schulterlange Haar umrahmte ein schmales und zartes Gesicht und die großen grünen Augen verliehen ihr einen tiefgründigen und geheimnisvollen Ausdruck. Mike hatte sich nicht umsonst sofort und auf den ersten Blick in sie verliebt. Und sie ebenso.

Sie hatte ein weißes, kurzes Kleid angezogen, dazu passende schwarze Riemenschuhe. Eine schwarze Pelzjacke würde den Anblick noch bezaubernder machen. Sie legte noch etwas Make up auf, zog noch etwas den dunkelroten Lippenstift nach und sah dann sehnsüchtig aus dem Fenster zur Straße hinunter. Mike müßte jeden Moment eintreffen.

Vorsichtig ging sie die etwas steile Treppe des Hauses hinunter zu den Eltern, die noch in der Küche am Tisch saßen und etwas tranken.

„Mum, Dad, ich geh` schon mal nach draußen; Mike müßte jeden Moment vorfahren. Bin dann um Mitternacht wieder zu Hause, wie verabredet.

Und wir werden auch wie besprochen vorsichtig sein, Ehrenwort."

Sie stand im Türrahmen und sah ihre Eltern liebevoll an.

„Junge Dame", Mary-Lou`s Vater stand vom Küchenstuhl auf und kam auf sie zu. Er war ein großer und bullig wirkender Mann mit einem sonnengebräunten Gesicht und wachen, strahlend blauen Augen.

„Nicht gegen zwölf, sondern Punkt Zwölf Uhr bist Du wieder hier zu Hause. Bitte!"

Der hünenhafte Mann sah seine Tochter mit gutmütigen Augen an.

„Okay Dad, alles klar. Ich werde pünktlich sein. Versprochen." Damit gab sie ihrem Vater einen zärtlichen Kuß auf seine Wange, hauchte ihrer Mutter einen Kuß zu und verließ das Haus.

Die Begrüßung war stürmisch, wild und voller inbrünstiger Leidenschaft.

Kaum hatte sich das junge Mädchen zu Mike in den Wagen gesetzt, lagen sie sich schon in den

Armen und küßten sich wild und liebevoll zugleich.

„Ich habe dich, seit wir uns heute morgen das letzte Mal gesehen haben, wie wahnsinnig vermißt." Mike hauchte seiner Liebsten die Worte ins Ohr und drückte sie fest an sich.

„Oh Mike, mein Schatz, wie ich dich liebe. Du bist jetzt schon mein Ein und Alles. Ich hatte so eine furchtbare Sehnsucht nach dir, so dass ich meinte, ich würde verrückt werden."

Die beiden fuhren mit dem Rambler in die City von Vallejo zu einem Schnellrestaurant, in welchen sie eine Kleinigkeit zu sich nahmen.

Danach machten sie sich auf den Weg zu einem kleinen Parkplatz in der Lake Herrmann Road, den Mike kannte und der Verliebten oftmals als Treffpunkt diente. Bevor er Mary Lou kennengelernt hatte, war er oftmals mit Freunden dort gewesen. Das eine oder andere Bier wurde hier schon getrunken und hin und wieder auch mal ein kleiner Joint geraucht.

Doch jetzt wollte er nur noch mit seinem Mädchen allein sein und vielleicht... Mike lächelte bei der Vorstellung, dass heute noch mehr geschehen könnte.

Die Lake Herrmann Road führte direkt aus

Vallejo ins Hinterland und war schnell erreicht.

Sie schlängelte sich durch die bergige kalifornische Landschaft und der Junge mußte einige Male sehr vorsichtig fahren. Er hatte noch nicht so lange den Führerschein und außerdem war die Straße im Dunklen schwieriger zu befahren, als bei Tageslicht.

Ab und zu sah man während der Fahrt kleine Lichter in der ansonsten schwarzen Landschaft; hier gab es einige Ranches und Farmen.

Straßenlatenen hatte die Landstraße keine.

Die jungen Leute fuhren schweigend durch die Dunkelheit, hielten sich hin und wieder zärtlich die Hand und tauschten unzählige, liebevolle Blicke aus.

Nach gut zwanzig Minuten Fahrt bog das Auto nach rechts ab auf den Parkplatz.

Er befand sich ganz in der Nähe des alten Wasserwerkes, dessen nur schwach,von ein paar Lampen beleuchtete Silhouette mit der Dunkelheit ringsherum zu verschmelzen schien.

Doch das störte die beiden Teenager wenig, als der Wagen auf dem knirschenden Kies zum Stehen kam.

Mike schaltete die Heizung ein, verriegelte die Türen und legte seinen Arm um die schmalen

Schultern von Mary Lou.

Sie schmiegte hingebungsvoll ihren Kopf an ihn und flüsterte ihm ins Ohr, dass sie ihn sehr liebe.

Nun blieben sie eine Zeitlang sitzen und jeder ihrer vor Erregung bebenden Körper erwartete vom Anderen das er etwas tat.

Manchmal kam ein Auto an dem Parkplatz vorbei und erfaßte mit dem Lichtkegel der Scheinwerfer für einen kurzen Moment die beiden Verliebten.

Doch diese hatten nur Augen für sich selber und ließen sich nicht weiter stören.

So bemerkten sie auch erst spät den Lichtschein eines Autos, dass langsam auf die im Wagen Sitzenden zufuhr und ganz kurz hinter ihnen zum Stehen kam. Der Fahrer parkte es so, dass Mike seinen Wagen nicht hätte einen Zentimeter bewegen können.

Weder vor noch zurück.

Ich saß im für mich besten Schnellrestaurant von Vallejo und aß gerade einen mit frischem Rindfleisch zubereiteten Cheeseburger, als zwei Teenager eng umschlungen den Laden betraten.

Sie turtelten albern herum und es war schon fast peinlich zu nennen wie sie sich ständig verliebt ansahen. Ich befand mich etwas abseits in einer Ecke von der ich aber aus das ganze Restaurant überblicken konnte.

Allein ihr blödsinniges Benehmen erzeugte bei mir schon den gewohnten Hass. Ja, warum nicht diese beiden Vollidioten diese Nacht? Nichts würde dagegen sprechen.

Im Laden selber waren eine handvoll Leute anwesend, noch nicht allzu voll für diese Uhrzeit.

Das würde sich schon im Laufe des Abends ändern. Da ich öfters hier war, wußte ich schon Bescheid. Manchmal ging ich auch um die Ecke herum in Bons Bar, einer gemütlichen Kneipe im Westernstil.

Die beiden Jugendlichen setzten sich an einen der Tische nahe am Ausgang und bestellten sich zu Essen und zu Trinken.

Nach kurzer Zeit betraten zwei andere

Jugendliche das Restaurant und begrüßten die beiden am Tisch Sitzenden überschwenglich.

Mike und Mary Lou hießen die zwei, wie ich aus der Begrüßung heraushören konnte.

Ich trank meinen Kaffee und beobachtete die Gruppe. Sie lachten ausgelassen, machten Witze und freuten sich auf das bevorstehende Wochenende.

Mit einer gewissen Begierde beobachtete ich besonders das Mädchen. Ein hübsches Ding, natürlich, aber um wie viel schöner würde sie aussehen wenn ich sie mir vorgenommen hatte?

Wenn ihr schönes Gesicht durchlöchert würde mit Kugeln und ihr Antlitz dem eines rohen Bullensteaks ähnelt?

Und ihr Freund? Diesen kleinen Spinner würde ich sofort erledigen. Allein die Vorstellung, wie es sich in meiner Fantasie abspielte, steigerte meine Begierde ins Unermeßliche, so dass es kaum noch zu ertragen war.

 Es fühlte sich fast genauso an, wie damals die Begegnung in Riverside.

Die kleine, langhaarige Schlampe dort hatte gedacht, sie können einen scheinbar kleinen und dummen Arbeiter verarschen.

Damals war ich mit dem Lieferwagen unterwegs, um Ersatzteile für Autos zu liefern.

Da stand plötzlich am Rand des Highway die hübsche Studentin samt ihrem Wagen, der aus allen Nähten qualmte. Natürlich hielt ich an um meine Hilfe anzubieten. Ihre alte Karre hatte keinen Tropfen Wasser mehr im Motor, da ein Schlauch geplatzt war.

Zwei Stunden hat die Reparatur gedauert; zur Belohnung dachte ich, dass nette Girl nur zum Essen einzuladen. Sie sah ja auch verdammt hübsch aus: Ihr langes schwarzes Haar fiel bis zu ihrer schmalen Hüfte und ihre hellblauen Augen gaben ihr ein geheimnisvolles Aussehen.

Sie bot mir zwanzig Dollar an mit der Bemerkung, sie hätte einen Freund und der würde schon auf sie warten.

Was bildeten sich diese Weiber eigentlich ein?

Denken sie müßten nur mit ihren kleinen Hintern wackeln und schon würde ihnen die ganze Welt zu Füßen liegen? Sie meinen über andere urteilen zu können, wie es ihnen gerade in den Sinn kommt. Wie damals in der Highschool und natürlich später auch.

„Nein, Du gefällst mir nicht. Bist zwar ein netter

Kerl, aber als richtiger Freund...?"

Immer wieder das gleiche Gequatsche.

Aber jetzt war Schluß damit. Jetzt würde ich ihnen mal zeigen, wo es lang geht.

Linda die süße Highway-schlampe mußte dafür ihren Tribut zahlen. Eine Woche später sollte sie tot sein.

Nachdem ich herausgefunden hatte in welchem Studentenwohnheim sie wohnte, stattete ich ihr eines Tages einen überraschenden Besuch ab.

An einem warmen, späten Sommerabend als sie gerade in ihr Auto steigen wollte, schlich ich mich von hinten an sie heran und ohne ihr den Mund zu zudrücken schnitt ich ihr mit einem tiefen Schnitt die Kehle durch, so tief, dass ich ihr fast den Kopf abgetrennt hätte. Das Jagdmesser, dass ich von Grandpa einmal geschenkt bekommen hatte, war aber auch verdammt scharf.

Da lag sie nun vor mir mit fast abgetrenntem Kopf und es sagte mir nichts. Alles was ich verspürte war eine tiefe Zufriedenheit.

Das Gelächter der Jugendlichen unterbrach meine köstliche Erinnerung, die wie ein Film vor meinem inneren Auge abgelaufen war.

„Wir fahren noch zum Parkplatz oben auf der

Lake Herrmann Road beim alten Pumpwerk. Ihr wißt schon." Einer der Jungen sah dabei seine Freundin verheißungsvoll an und umfaßte ihre Schultern mit seinem Arm.

Ich stand auf, zahlte meine Rechnung und folgte ohne große Eile den herumalbernden Teenagern in die kalte Nacht.

Vor einem der draußen vor dem Restaurant parkenden Autos blieben sie stehen und sprachen noch etwas miteinander, bevor das Pärchen dann einstieg und losfuhr.

Sie fuhren langsam die Tombstonestreet entlang in Richtung Stadtgrenze. Der Jüngling schien noch keine große Fahrpraxis zu besitzen, so wie er fuhr, und ich konnte ihnen in aller Ruhe folgen. Es war jetzt gegen 22.00 Uhr und es herrschte nur wenig Autoverkehr auf den Straßen.

Sie bogen in den Parkway ab und steuerten auf die Lake Herrmann Road zu.

Der Parkplatz oben beim alten Wasserwerk war schon seit langem ein beliebter Treffpunkt für Liebespärchen. Wie oft hatte ich mich da herumgetrieben und sie bei ihren öden Fummeleien im Auto heimlich beobachtet?

Der Junge hatte einige Mühe den Wagen auf

der sich dahin windenden Straße in der Spur zu halten. Ich hielt einen großen Abstand zu ihm; ich wußte nun, wohin sie wollten. Sie würden mir nicht davonfahren.

Es gab kein Entkommen mehr. Sie saßen in der Falle.

Es dauerte fast fünfzehn Minuten bis dieser Vollidiot mit seiner kleinen Schlampe den Parkplatz erreicht hatte. Außer ihrem Fahrzeug war kein anderes Auto auf dem Platz zu sehen.

Ich fuhr zunächst an ihnen vorbei um dann nach ein paar hundert Yard Fahrt den Wagen zu wenden und auf dem Parkplatz einzubiegen; die Räder drückten sich knirschend in den hellen Kies und der Lichtkegel der Scheinwerfer erfaßte den Wagen der Beiden. Ich stellte meinen Wagen hinter den beiden so ab, dass sie nicht mehr fort fahren konnten.

Langsam stieg ich aus, in der linken Hand eine große Army Taschenlampe und in der rechten meinen Revolver. Für einen kurzen Moment würden sie mich für einen Polizisten halten.

Doch dann verriegelten beide plötzlich die Türen des Wagens. Sollten sie ruhig dieses sinnlose Vorhaben ausführen. Ich hatte sowieso nicht vor gehabt, die Türen zu öffnen.

So blieb ich schräg links hinter dem Wagen stehen und feuerte einen ersten Schuß in den Radkasten hinein. Durch den lauten Knall kam im inneren des Wagens Hektik auf. Ich hörte dumpfe Schreie und sah, wie die beiden wild mit den Armen gestikulierten.

Ohne Hast ging ich zum Fahrerfenster, erfasste mit dem Lichtschein der Taschenlampe das Gesicht des Jungen, das zu einer verzweifelten Grimasse geworden war und feuerte durch die Scheibe in Richtung Kopf. Für einen kurzen Moment sah ich den ungläubigen, fragenden Ausdruck in seinem verzerrten Gesicht. Nochmals drückte ich ab, in der Hoffnung, ihn in den Unterleib getroffen zu haben. Er krümmte sich schreiend vor Schmerzen und versuchte mit unsinnigen Armbewegungen den Lauf der Kugeln zu beeinflussen.

In diesem Moment hatte das Mädchen die Beifahrertüre schon aufgerissen und stürzte hysterisch schreiend ins Freie und versuchte zu fliehen. Sie lief einige Yard in Richtung eines Zaunes bis sie der Schein meiner Taschenlampe erfasste.

„Bleib stehen oder ich schieße."

Als wäre sie vor eine unsichtbare Mauer gelaufen blieb sie stehen. Ich ging um den Wagen herum, begleitet vom lauten Stöhnen des Jungen im inneren des Autos.

„Dreh dich nicht um, Mädchen. Es kommt alles in Ordnung. Alles kommt so wie es kommen soll."

Sie stand da, schluchzte laut aber drehte sich nicht zu mir um.

„Bitte, Mister. Was wollen Sie denn von uns? Wir haben Ihnen doch nichts getan. Wir wollten doch nur..."

Im hellen Licht der Lampe konnte ich gut erkennen, wie die fünf Kugeln, die ich abfeuerte, ihren schmalen Rücken durchlöcherten.

Sie fiel fast tonlos nach vorne auf den hart gefrorenen Boden und gab keinen Laut mehr von sich.

Langsam dreht ich mich zum Wagen der beiden um, feuerte noch einen Schuß auf den vor sich hin wimmernden Jungen und ging zu meinem Auto.

Ich stieg ein, fuhr dann auf der Lake Herrmann Road in Richtung Nappa, um dann auf der Route 80 nach Vallejo zurück zu fahren.

Unterwegs hörte ich die neuesten Songs von Fats Domino im Radio.

„Verdammter Mist."

Deputy Sheriff Dean Connors hatte sich so auf seinen herrlich duftenden und vor allem pechschwarzen Kaffee gefreut, den er sich gerade in seine Lieblingstasse eingeschenkt hatte.

Und nun das.

Ohne hinzusehen hatte er die Tasse abgestellt, genau auf den Rand des Tisches.

Klirrend fiel diese auf den harten Steinboden und zersprang in tausende Stücke. Der leckere Kaffee bildete nun eine kleine dampfende Pfütze auf dem schneeweißen Boden des Vallejo Police Department. Der Officer erschrak kurz und starrte sekundenlang ungläubig auf die Misere. Es war weniger dieser kleine Unfall der ihm Unbehagen bereitete, sondern mehr die Tatsache, dass jetzt unnötige Arbeit auf ihn zukam, um den Schaden wieder wett zu machen.

„Bullshit", zischte er, holte aus einer kleinen Abstellkammer Besen und einen Eimer mit Putzlappen und begann, umständlich die Scherben aufzulesen und den köstlich riechenden Kaffe zu entsorgen.

Der hagere, große Connors mit seinem schmalen Gesicht und den immer listig blickenden Augen wähnte sich unbeobachtet. Seine drei Kollegen im Büro nebenan schienen nichts mitbekommen zu haben und unterhielten sich lauthals.

„Na, Dean, schmeckte der Kaffee so mies, dass Du ihn direkt auf den Boden geschüttet hast?"

Sein Kollege Beaumont Harris stand im Türrahmen und grinste schadenfroh zu Connors herüber.

„Soll ich Dir helfen aufwischen?"

Der wesentlich ältere Harris stand, beide Hände in die Hüften gestützt, wie ein Mahnmal da. Seine korpulente Figur unterstrich diesen Eindruck noch. Connors hatte sich zwar leicht erschreckt, ließ sich aber nichts anmerken und starrte seinen langjährigen Kollegen und persönlichen Freund nur ausdruckslos an.

„Nein, danke. Sehr nett von Dir. Aber ich denke ich komme schon alleine zurecht."

Für Sekunden trafen sich die Blicke der beiden Männer und urplötzlich brachen sie in ein schallendes Gelächter aus.

Da klingelte das Telefon auf Conners Schreibtisch. Der Deputy meldete sich und schon nach kurzer Zeit war das Telefonat beendet. Er hielt einen Zettel hoch auf dem er einige Notizen geschrieben hatte.

Sein Gesichtsausdruck verhieß nichts Gutes.

„Komm Beaumont, wir müssen los. Auf dem Parkplatz oben beim alten Wasserwerk in der Lake Herrmann Road hat es eine Schießerei gegeben. John war gerade am Apparat. Es hat zwei Tote gegeben. Gib Jefferson Bescheid."

Arthur B. Jefferson stand fröstelnd auf dem von Polizeischeinwerfern und dem rotierenden Licht der Einsatzfahrzeuge fast taghell erleuchteten Parkplatz nahe beim alten Pumpwerk.

Er war mit Leib und Seele Polizist, seit über dreißig Jahren, zehn davon hier im District Vallejo. Aber so etwas hatte er auch noch nicht erlebt.

Der Chief Detective starrte auf die vor ihm am Boden liegende Leiche des Mädchens und ihren von Kugeln durchlöcherten Rücken, so, als wolle er sie wieder zum Leben erwecken. Es konnte doch nicht möglich sein, dass so ein junges Leben in einer großen Blutlache in einer so kalten Nacht auf einem schmutzigen Parkplatz lag.

„Welches dreckige Schwein macht so was?"

Der Chief wandte sich zu Sergeant Harris, der direkt neben ihm stand und genauso ungläubig auf den toten Körper des Mädchens sah.

„Keine Ahnung, Sir", der Sergeant blickte seinen Chef entschlossen an. „ Aber diesen Bastard werden wir erwischen. Und dann Gnade ihm Gott. Dieser feige Drecksack."

„Schon was Neues von dem verletzten Jungen gehört? Er müßte doch schon längst im

Krankenhaus sein, verdammt nochmal."

„Nein, wir haben noch nichts gehört. Sie werden sich schon melden. Dann werden wir es wissen." Harris wußte nur zu genau, dass es um den jungen Mann nicht gut stand. Er hatte auch einen Kopfschuß erlitten und nur mit viel Glück würde man so etwas überleben.

„Hoffentlich kommt er durch." Jefferson zündete sich eine Zigarette an und blies eine kräftige Rauchwolke in den kalten, sternenklaren Nachthimmel. Der breitschultrige große Detective mit den auffallend dichten blonden Haaren trat neben die Leiche von Mary Lou.

Ihr Kopf lag zur Seite und etwas Blut war aus ihrem leicht geöffneten Mund geflossen.

„Was haben wir bis jetzt, Sergeant?"

Er zückte einen Notizblock aus seiner Jackentasche und begann, während er mit Harris sprach, Notizen zu schreiben.

„Bis jetzt noch nicht viel, Sir. Die Aussage von Miss Maygreen, welche die beiden gefunden hat, wurde bereits aufgenommen. Wir konnten vorläufig acht Projektile sicher stellen; der Kerl muß mit einer 9 mm geschossen haben. Sieht jedenfalls im Moment so aus. Fünf unserer Leute klappern die nähere Umgebung ab, ob

jemand etwas gehört oder gesehen hat.
Leider konnten wir auf dem hart gefrorenen Boden keine Reifenspuren oder sonstiges finden."

Resigniert ließ er die Schultern sinken und seufzte laut.

„Wirklich nicht viel, Deputy. Wir werden natürlich bei Tageslicht noch mal gründlich nachsehen. Bis dahin den Parkplatz weiträumig absperren, bis zur Herrmann runter. Der Scheißkerl muß mit einem Auto hier gewesen sein. Zu Fuß wäre viel zu riskant. Warten wir jetzt erst mal ab, was die Befragungen ergeben haben. Und noch was Harris: Achten Sie darauf, dass auch noch jedes so unscheinbare und kleinste Detail fotografiert wird. Alles, auch wenn es noch so nichtssagend aussieht."

Eine halbe Stunde später wurde Jefferson darüber in Kenntnis gesetzt, dass der Junge seinen Verletzungen erlegen war.

Er fuhr mit einem Deputy ins Leichenschauhaus von Vallejo um sich den Jungen dort anzusehen.

„Wahrscheinlich ist er an dem Kopfschuss gestorben. Aber das kann ich erst natürlich nach der Autopsie sagen. Sie kennen dass ja,

Jefferson. Es ist immer das selbe."

Dr. Phelps, ein älterer, erfahrener Rechtsmediziner, der auch die Funktion des Coroner ausübte, blickt den Sergeant ernst an.

„Ob er sexuell mißbraucht wurde werden wir dann auch feststellen. Nach der äußeren Schau zu urteilen sieht es nicht danach aus. Aber warten wir es ab. So ein junger, netter Mann, noch ein halbes Kind. Wer macht so etwas?"

Der Arzt, der selber Vater war, blickte mit einem traurigen und mitleidvollen Blick auf den toten Körper des Ermordeten.

„Ich weiß es nicht, Doc", Jefferson sah den Mediziner verbissen an, „Vielleicht ein Geisteskranker aus der Anstalt in Napa. Wer weiß? Oder es war Eifersucht im Spiel. Raubmord war es jedenfalls nicht, dass können wir bis jetzt ausschließen. Dann bliebe nach meiner Meinung nur noch ein Motiv übrig, wenn man hier im klassischen Sinn von einem Motiv reden kann. Hoffentlich war es nicht jemand, der pure Lust am Töten hat. Und hoffentlich ist er nicht auf den Geschmack gekommen."

„Guten Morgen, mein Junge."

Dad und Mum saßen schon am Frühstückstisch als ich die geräumige Wohnküche betrat. Es duftete herrlich nach Kaffee und frischem Brot und Eiern.

„Bist gestern aber nicht allzu lange weg gewesen. Ich war noch zufällig wach und hatte noch etwas gelesen als Du kurz nach Mitternacht mit dem Wagen vorgefahren bist. War nicht viel los in der Stadt?"

„Nein, ich war nur kurz in der Stadt und bin dann weiter gefahren, bis zu Bucht. Wollte mal wieder Frisco[1] bei Nacht sehen. Die Skyline, die Golden Gate. Ist ja immer wieder ein faszinierender Anblick, die Downtown von Frisco bei Nacht und die beleuchtete Brücke. Zum Glück war es sternenklar. Ich konnte alles sehr gut sehen. Allerdings war es ziemlich kalt."

„Na fein, Junge", Mutter legte mir eine Scheibe Brot auf den Teller und goß mir Kaffee in die Tasse, „Nun lang mal ordentlich zu. Ich habe den Eindruck das Du abgenommen hat. Du bist so schmal im Gesicht geworden." Sie sah mich besorgt und mitleidig an.

„Alles okay Mum. Mir geht es gut. Wir haben

---

1 Frisco= Umganssprachlich für San Francisco

viel in der Werkstatt zu tun und sind nur zu dritt. Ist dann manchmal ganz schön stressig".

„Hör mal Junge...". Dad wollte gerade weiter sprechen als wir ein Auto auf den Hof fahren hörten. Vater sah zum Fenster hinaus.

„Nanu, Polizei. Was wollen die denn um die Uhrzeit hier? Ist wohl wieder eingebrochen worden in der Nachbarschaft. Verdammtes Gesindel. Abknallen sollte man dieses Gelumpe." Schon klopfte es laut an der Haustüre. Mum öffnete und wir hörten wie sich zwei Police Officers vorstellten. Mutter bat sie in die Küche zu kommen.

„Guten Morgen, entschuldigen sie die Störung am frühen Morgen. Das ist Officer Connors und mein Name ist Harris. Aber es ist etwas Schreckliches passiert. Gestern am späten Abend wurden zwei Meilen von hier oben am alten Pumpwerk zwei junge Leute in ihrem Wagen attackiert und erschossen. Ein junges Mädchen, gerade mal siebzehn Jahre alt und ihr Freund. Wir befragen heute die weitere Umgebung und die Bewohner der Ranches und Farmen ob sie etwas außergewöhnliches beobachtet oder gehört haben?" Die Polizisten sahen uns fragend an.

„Aber das ist ja furchtbar, grauenvoll. Wer macht denn so etwas. Und das hier in unserer Gegend. Hier ist doch noch nie etwas Schlimmes passiert. Und jetzt so etwas Gräßliches. Welcher Mensch ist denn so böse?" Mum antwortete als Erste und sah die beiden Beamten verständnislos und entsetzt an.

„Nein, wir haben nichts Außergewöhnliches gesehen oder auch gehört." Dad zeigte mit erhobener Hand zum Fenster, so als wolle er das Gesagte damit unterstreichen.

„Und Sie, Sir?" der Polizist sah mich musternd an, „ Ist Ihnen etwas aufgefallen?"

„Nein, Officer. Ich habe auch nichts Besonderes wahrgenommen. Ich bin aber auch erst kurz nach Mitternacht nach Hause gekommen. Aber mir ist nichts aufgefallen." Ich sah den Cop mit festem Blick an und wäre fast in schallendes Gelächter ausgebrochen. Wenn dieser Idiot ahnen würde mit wem er gerade spricht?!

„Okay, dann wollen wir sie nicht weiter vom Frühstück abhalten. Sollte ihnen dennoch etwas einfallen, und sei es für sie auch noch so unbedeutend, dann können sie uns jederzeit im

VPD[2] anrufen. Also dann, noch einen schönen Tag." Damit gingen die beiden zur Tür und verließen das Haus.

---

2 VPD=Vallejo Police Departement

Art Jefferson saß in seinem Büro im dreistöckigen Gebäude des VPD und sichtete die bisherigen Spuren und Fahndungsergebnisse im Fall der ermordeten Teenager.

Der Detective seufzte tief durch: Schließlich lag noch ein ungeklärter Mordfall auf seinem Schreibtisch, der sich erst vor drei Wochen in der Stadt ereignet hatte. Doch dieser Fall schien mit dem neuen nichts zu tun zu haben.

Der Officer sah mürrisch auf die vor ihm liegenden Papiere. Die Spurenlage war mehr als dürftig. Neun Patronenhülsen vom Kaliber 9 mm, die wahrscheinlich von einem Browning Revolver abgefeuert wurden. Keine verwertbaren Fingerabdrücke, keine Fuß-oder Reifenspuren. Er hatte praktisch nicht das Geringste in der Hand. Die Befragungen in der näheren und weiteren Umgebung des Tatortes hatten bis jetzt auch nichts ergeben. Niemand schien etwas verdächtiges oder auffälliges gesehen oder gehört zu haben.

Wütend griff er nach einer Zigarette, die schon nach wenigen, dafür um so tiefen Zügen, aufgeraucht war.

Jake O`Leary betrat das Büro. Der Kollege und gute Freund von Jefferson bestätigte düster die bisherige Situation. Dann starrten sich die beiden Männer nur noch an.

O´Leary, ein kleiner, etwas dicklicher Mann von irischer Abstammung, fuhr sich mit der Hand durch sein dichtes, lockiges rotblondes Haar.

„Hör mal, Art." Die Stimme des Polizisten klang nachdenklich. „ Ich erinnere mich da an einen Fall. Damals war ich noch Polizeischüler unten in Dallas. Vor 23 Jahren gab es mal eine Serie von Morden an Liebespaaren in Texarkana. Die sogenannten Mondscheinmorde. So viel wie ich noch weiß, wurde damals ein Verdächtiger festgenommen, später aber wieder auf freien Fuß gesetzt. Vielleicht sollten wir uns mit den Kollegen mal in Verbindung setzen".

„Gute Idee, Jake, warum nicht. So wie es aussieht kommen wir im Moment hier nicht viel weiter. Da sollten wir schon jede Möglichkeit mit in Betracht ziehen."

Am nächsten Morgen telefonierte der Sergeant mit den Kollegen in Texarkana. Nach ausführlicher Schilderung der Probleme in Vallejo sicherte man ihm im Rahmen der Amtshilfe entsprechende Unterstützung zu.

Nach ein paar Tagen traf diese Hilfe in Form vieler Akten in Vallejo ein.

Nach drei Wochen intensiver Arbeit mit den Akten konnten Jefferson und O´Leary eine mögliche Verbindung zu den damaligen Geschehnissen in Texarkana vollständig ausschließen. Es gab keine Anhaltspunkte für irgendetwas. Natürlich wurden auch mögliche Verbindungen der damaligen Opfer zu den heutigen untersucht. Aber auch zu dieser Frage gab es keine Zusammenhänge. Außerdem gab zu den Texarkana Morden schon seit längerer Zeit einen Verdächtigen. Allerdings konnte man ihm nichts Konkretes nachweisen. Somit widmeten sich die beiden Beamteten wieder dem vorliegenden Spurenmaterial.

In der Werkstatt war heute nicht viel zu tun.

Bis zum Mittag hatte ich drei Wagen repariert, nichts besonderes, nur Kleinigkeiten. Eine Gummidichtung hier, ein größeres Ersatzteil dort.

Gerade war ich an einem Motor am arbeiten, als Mr. Sweeney, der Chef der Werkstatt, mich unterbrach. In seiner Begleitung war ein junges Pärchen.

„Hör mal", begann Sweeney sein wichtigtuerisches Gerede und Gehabe.

„Die beiden Herrschaften hier haben Probleme mit ihrem Wagen. Das gute Stück scheint nicht so zu laufen wie er sollte. Würdest Du bitte mal nachschauen?" Sein fettes Gesicht verzog sich zu einem schmierigen Grinsen. Ich konnte ihn nicht leiden, und er mich auch nicht.

„Er ist einer unserer besten Mechaniker und wird das Problem sicherlich beheben können. Da können Sie sich voll und ganz auf Ihn verlassen." Der Fettsack sah mich ironisch an und wälzte dann seinen dicken Leib in Richtung Büro. Blödes fettes Schwein, dachte ich mir und wandte mich den Kunden zu.

„Wo liegt denn das Problem?"

„ Schatz, bist Du soweit?"

Charlene sah fragend zum Badezimmer hinüber, obwohl sie es natürlich nicht sehen konnte. Schon über eine halbe Stunde war ihr Mann Billy damit beschäftigt, sich für sie zurecht zu machen, wobei sie nur mal eben zum alten Golfplatz draußen am Blue Rock Springs fahren wollten.

„ Ja ich komme. Bin jetzt fertig!"

Billy spritzte sich noch etwas Rasierwasser ins Gesicht und sah wohlgefällig sein Spiegelbild an. Seine braunen Augen musterten sein zu einer Tolle gekämmtes dunkles Haar. Dann ging der große, breitschultrige junge Mann zu seiner Ehefrau, die im Schlafzimmer auf ihn wartete.

„ Du siehst toll aus, Liebes." Billy sah seine junge Frau verzückt an. Sie war eine sehr gut aussehende und selbstbewußte junge Dame. Das kurzgeschnittenes, blonde Haar verliehen ihr ein sehr jugendliches Aussehen, und die schlanke Figur tat ihr übriges. Mit ihren hellblauen Augen sah sie ihren Mann liebevoll an. „ Das will ich doch hoffen, schöner Mann, dass ich gut aussehe." Die beiden fingen an zu lachen und verließen dann das kleine schmucke Haus, dass mitten im Zentrum von

Vallejo lag, in Sichtweite des Police Departments. Heute an diesem 4. Juli war es den ganzen Tag über sehr warm gewesen, so dass die beiden nur mit einer dünnen Hose und einem T-Shirt bekleidet waren.

Die Vermählten wollten nichts besonderes unternehmen, obwohl heute Unabhängigkeitstag war. Sie wollten nur zum Golfplatz, wo sie sich vor einigen Jahren kennengelernt hatten.

Sie stiegen in ihren Corvair ein, der jetzt wieder makellos lief. Billy hatte sich den Wagen vor zwei Jahren zugelegt und sein ganzes Herz hing an diesem Auto. Er reparierte viele Dinge selber, konnte aber auch nicht alles. Manchmal mußte der Wagen auch in die Werkstatt, wie neulich.

Sie fuhren in nördlicher Richtung auf der Tombstone um dann auf den Columbus Parkway einzubiegen. Es waren nur wenige Meilen bis zum Golfplatz, der aber noch innerhalb der Stadtgrenze von Vallejo lag.

Über der Stadt spannte sich ein faszinierender Sternenhimmel. Charlene hatte das von Billy selbst eingebaute Schiebedach geöffnet und ein erfrischend kühlender Fahrtwind wehte durch das Auto.

Die Uhr zeigte jetzt jetzt kurz vor 24 Uhr und dennoch waren noch recht viele Fahrzeuge unterwegs. Es war eben Freitag, und das Wochenende stand vor der Tür.

Blue Rock Springs war ein herrliches Stück Erde. Große Kieferpinien durchzogen das ganze Gelände und bildeten zugleich eine Begrenzung für den großräumig angelegten Golfplatz. Ein Parkplatz befand sich direkt daneben, der auch oft von Liebespaaren aufgesucht wurde. Doch die beiden hatten heute abend Glück. Außer ihnen war niemand weit und breit zu sehen. Billy lenkte den Wagen in den hinteren Teil des Parkplatzes, da wo viele Bäume und Sträucher standen. Es war stockfinster, doch die beiden Verliebten störte das wenig. Sie waren nicht zum ersten Mal hier.

„Was waren das denn für kleine, großmäulige Scheißer gewesen?" Wütend sah ich in den schmierigen und stumpfen Spiegel, der auf der Toilette der Werkstatt hing. Sekundenlang schaute ich mir selber in die Augen, um dann in ein stummes Lachen zu verfallen.

Wollte doch dieses armselige kleine Würstchen mir erklären, wie man ein Auto repariert.

„Hey, dass ist meine Frau Charlene, und ich heiße Billy." Sie hatten mir zur Begrüßung die Hand gereicht, doch meine Hände waren voller Öl, so dass sie dann doch darauf verzichteten.

Wie ich schnell herausfand war an ihrem Corvair ein Zündkabel defekt. Doch dieser Vollidiot von Billy war der Meinung, es müsse sich um den Vergaser handeln. Und die kleine Schlampe, die er dabei hatte, stimmte dem auch noch zu und tat so, als wenn sie eine große Ahnung hatte. Solche Typen mochte ich schon immer leiden. Schnell stellte sich aber heraus, dass ich Recht hatte.

Als sie dann die Rechnung bezahlten, hörte ich wie dieser Billy sagte „ Hatte der kleine Spinner von Monteur doch recht. Hatte ihm gar nicht soviel Grips zugetraut. Der hatte ja ziemlich blöde reingeschaut." Dabei verzog er spöttisch sein Gesicht und das kleine Frettchen neben ihm lachte dämlich. Am liebsten hätte ich ihm da schon meinen Schraubenschlüssel in den Schädel gerammt; aber so konnte ich mich gerade noch zurückhalten. Ich war mir sicher, dass mir da etwas einfallen würde.

Billy legte zärtlich seinen Arm um Charlene`s Schultern.

„Weißt Du noch Liebes,als wir das erste Mal hier waren?", zärtlich flüsterte er die Worte in ihr Ohr, so dass sie eine Gänsehaut bekam.

„Ja natürlich weiß ich das noch." Die Angesprochene sah ihren Mann verliebt an.

„ So wie jetzt hast Du damals auch deinen Arm um meine Schultern gelegt; nur damals saßen wir im Wagen von deinem Vater, und es war nicht so warm wie Heute. Denn das war im März gewesen!" Die beiden lachten vergnügt auf und küßten sich dann innig und leiden-schaftlich.

So bemerkten sie nicht den Wagen der langsam über den Parkplatz auf das Fahrzeug der beiden zufuhr, und direkt hinter ihnen zum Stehen kam.

Jetzt stand ich schon den dritten Abend mit dem Wagen vor dem Haus und wartete; wartete darauf, dass die Beiden endlich mal etwas unternehmen würden.

Aber verdammt noch mal hatte ich kein Interesse daran, irgendwann mit dieser Warterei aufzufallen, denn das Haus lag in Sichtweite des VPD. Nun sollte es langsam mal Zeit werden, dass die zwei aus ihrem hübschen Häuschen kämen.

Es war jetzt 23.30 und es wurde immer wärmer im Auto. Ständig wurde die abendliche Ruhe durch lautes knallen unterbrochen: es war Independence-Day[3] und die Leute zündeten immer wieder irgendwelche Feuerwerkskörper und Knallfrösche.

Ich zündete mir gerade eine Zigarette an, als die Tür geöffnet wurde. Lachend gingen der schöne Bill und seine hübsche Charlene zu ihrem Corvair, den ich noch vor zwei Wochen repariert hatte.

Der Kerl fuhr gut, so dass ich einige Mühe hatte den beiden zu folgen, und sie nicht aus den Augen zu verlieren.

Wie schön wäre es gewesen wenn sie zu dem

---

3   4 Juli= Unabhängigkeitstag in den USA

Parkplatz an der Lake Herrmann Road gefahren wären. Aber den Gefallen taten sie mir nicht. Stattdessen fuhren sie in nördlicher Richtung. Schade, dachte ich, etwas magischeres hätte nicht geschehen können. Die selbe Stelle, der selbe Ort...

Als sie aber immer weiter den langen Columbus Parkway entlang fuhren, dämmerte es mir langsam. Hey, sie würden zum Parkplatz oben am Blue Rock Springs fahren, zum alten Golfplatz.

Dort war ich auch schon einige Male gewesen, aber eine richtige Gelegenheit hatte sich nie ergeben.

Genüßlich zog ich an meiner Zigarette.

Jetzt stand ich schon bald zehn Minuten hier am Columbus Parkway: die Beiden hatte ich vorfahren lassen um keinen Verdacht zu erregen. Der Browning lag neben mir auf dem Beifahrersitz und schien mich anzustarren. Ich hatte auf seinem Lauf eine Taschenlampe verankert, als Lichtquelle. Abgefeuerte Kugeln würden exakt dem Lichtstrahl folgen, genau dorthin, wo ich sie haben wollte.

Langsam rollte mein Chevy auf den Parkplatz um direkt hinter ihnen zum Stehen zu kommen.

Sie würden denken, ich sei ein Polyp.

Ich stieg aus, machte die Taschenlampe an und ging zur Fahrerseite des Corvair.

Tatsächlich dachte der Vollidiot, ich sei ein Cop.

„n´Abend Officer. Hier sind meine Wagenpapiere. Meine Frau und ich wollten den Abend hier genießen. Sir, würden Sie bitte die Lampe herunter halten, sie blendet uns furchtbar?" Mit leicht zittriger Hand hielt er die Wagenpapiere aus dem heruntergekurbelten Fenster. Sofort schoß ich auf ihn, traf ihn am Hals und in die Brust. Dann zielte ich auf seine Frau. Neunmal drückte ich ab wobei sie bei jedem Schuß grotesk hin und her zuckte, erstaunlicherweise ohne einen einzigen Ton von sich zu geben, wobei dies nur noch meine Wut anstachelte. Als ich die Salve beendet hatte, sank sie auch schon in sich zusammen. Nochmals feuerte ich auf ihren Begleiter, der inzwischen auf die Rückbank gekrochen war.

Er schrie laut auf und war dann still.

Das müßte gereicht haben, dachte ich, sah mich um, stieg in den Wagen und rollte langsam ohne Eile vom Parkplatz.

Wieder in der City von Vallejo angekommen, hielt ich vor einer Telefonzelle an, die direkt vor dem Police Department stand.

Als ich die Nummer der Polizei gewählt hatte, meldete sich am anderen Ende der Leitung eine Frau.

„Vallejo Police Department. Sie sprechen mit Claire Delane. Was kann ich für Sie tun?"

„Guten Abend, Mam. Ich möchte einen Doppelmord melden. Wenn Sie auf dem Columbus Parkway eine Meile bis zum Golfplatz am Blue Rock Springs fahren, finden Sie dort auf dem Parkplatz in einem blauen Corvair zwei junge Leute. Sie wurden mit einem Browning Revolver 9 Millimeter getötet. Ich habe auch voriges Jahr die beiden Teenager an der Lake Herrmann Road getötet. Ihnen noch eine angenehme Nacht. Auf Wiederhören."

Tucker Barnes fluchte was das Zeug hielt.

Jetzt war es schon Mitternacht und er war immer noch mit seinem uralten Pick up, den schon sein Vater gefahren hatte, unterwegs.

Erst die Farmarbeit bei der sengenden Hitze den ganzen Tag, obwohl Feiertag war, und dann noch die gebrochene Achse von seinem Traktor mitten auf dem riesigen Feld. Nach Stunden hatte er dann das gottverdammte Ding repariert gehabt; und da wurde es auch schon Dunkel. Wenn das so weiter geht schnappe ich noch über. Der drahtige, alte Farmer mit seinen schneeweißen Haaren und dem zerfurchten, sonnengegerbten Gesicht beruhigte sich etwas. Lange war es nicht mehr bis nach Hause, vielleicht noch eine Meile. Dann war endlich Feierabend. Warum habe ich alter Trottel auch dieses Feld gekauft, dass auch noch auswärts liegt? Barnes stellte sich die Frage jedes Mal.

Als er in Höhe des Blue Rock Springs Parkplatz war, tauchte plötzlich wie aus dem Nichts ein weißer Chevy vor ihm auf, der aus der Zufahrt zum Parkplatz herausfuhr.

Barnes trat voll die Bremse durch um eine Kollision zu vermeiden.

„Blöder Schwachkopf", schimpfte der Farmer,
" Paß doch auf, dämliches Arschloch."

Er drückte wie wild auf die altersschwache Hupe seines kleinen Truck und zeigte dem davonfahrenden Chevy die geballte Faust hinterher.

Durch die Vollbremsung war sein altes Gefährt zum Stehen gekommen und der Motor war ausgegangen. Während er versuchte, diesen zu starten, sah er immer wieder in die Einfahrt zum Parkplatz hinein, so dass er in einiger Entfernung das schwache Licht einer Innenraumbeleuchtung eines Wagens erkennen konnte, aber sonst niemanden sah.

Ihn beschlich ein mulmiges Gefühl. Er wußte das sich hier oft Liebespaare trafen und dachte sofort an den Mord an dem jungen Pärchen voriges Jahr in der Lake Herrmann Road.

„Werd mal nachsehen!", brummte der Farmer und steuerte seinen kleinen Truck, der endlich angesprungen war, auf den Parkplatz.

Je näher er kam, um so mehr wußte er was geschehen war. Der alte Mann hatte schon viel erlebt, aber so etwas, soviel Blut auf einmal, dass hatte selbst er noch nicht gesehen. Zitternd stand er vor dem Corvair und sah die jungen Leute dort liegen. So schnell wie er konnte stieg er in sein Fahrzeug und fuhr hinunter zum Restaurant: Er wußte das sich dort eine Telefonzelle befand. Vor lauter Aufregung hatte er nicht das leise Wimmern gehört, dass aus dem Wagen nach draußen in die warme Nacht drang.

„Was für eine Nacht."

Officer Deputy Tom Riley sah seinen Kollegen Burt Bannister verklärt von der Seite an. „ Was könnten wir jetzt alles machen? Statt dessen hocken wir hier in dem muffigen Streifenwagen um Mitternacht an der Route 80 um auf irgendeinen Besoffenen zu warten, der in Schlangenlinien vorbei fährt, oder einen armen Schlucker anzuhalten, der schnell zu Mami ins Bett wollte."

„Ach Tom", der Angesprochene sah den jüngeren, breitschultrigen Kollegen gleichgültig an. „ Es ist doch gut so, wie es ist. Der Job ist okay und morgen haben wir beide frei. Es gibt schlimmeres." Den sarkastischen Unterton in Bannister´s Stimme nahm Riley nicht wahr. Im Gegensatz zu seinem Kollegen war er zehn Jahre älter; ein schmaler, drahtiger Polizist mit einer auffallenden Hakennase, die ihn von der Seite betrachtet wie einen Adler aussehen ließ.

Ihr Dienstfahrzeug stand etwas abseits auf einem dunklen Feldweg und konnte von der Straße aus nicht gesehen werden.

Die beiden zündeten sich eine Zigarette an und beobachteten aufmerksam die um diese Uhrzeit kaum befahrene Route 80.

„VPD an Wagen fünf, bitte kommen. Tom, seid Ihr da?" Nancy Delane's Stimme schnarrte ihnen aus dem Funksprechgerät entgegen. Beide zuckten leicht zusammen.

„Wagen fünf, was ist Nancy?" Bannister war für den Funkverkehr zuständig und antwortete mit leicht knurriger Stimme.

„ Jungs, fahrt mal rüber zum Parkplatz oben am Blue Rock Springs. Ich hatte gerade einen merkwürdigen Anrufer am Telefon der behauptet hat, gerade zwei junge Leute in einem Wagen erschossen zu haben und das er auch der Mörder der beiden Teenager sei, die voriges Jahr an der Lake Herrmann Road getötet wurden. Kann sein das es nur ein Spinner gewesen ist, der sich wichtig machen will. Aber seine Stimme klang zynisch und eiskalt. Seht lieber mal nach, Okay?"

„ Alles klar, Nancy, haben verstanden. Wir sind schon unterwegs!"

Unterdessen hatte Tucker Barnes mit seinem alten Pick up das um diese Uhrzeit geschlossene Restaurant erreicht und stellte zu seinem Entsetzen fest, dass die Kabel des Telefons durchschnitten waren.

„Das gibt es doch nicht." Vor lauter Aufregung konnte er kaum sprechen.

„Was soll ich jetzt machen?" Verzweifelt setzte er sich in seinen Truck und fuhr zurück zum Parkplatz.

Nach zehn Minuten Fahrt hatten Riley und Bannister das Areal am Golfplatz erreicht.

Als sie auf den Parkplatz einbogen, kam ihnen in voller Fahrt ein Pick up entgegen.

Riley machte eine Vollbremsung, riß das Steuer des Polizeiwagens herum, so dass dieser quer zum Stehen kam. Die beiden Beamten sprangen aus dem Wagen und verschanzten sich dahinter mit gezogenen Pistolen.

Auch der Fahrer des Pick up machte eine Vollbremsung und kam einige Yards vor dem Polizeiwagen zu stehen. Dann öffnete sich die Tür und Tucker Barnes stieg zitternd aus dem Auto.

„Hände hoch, ganz vorsichtig!" Tom Riley schrie Barnes an, worauf dieser sofort die Arme hochriß.

„ Nicht schießen Jungs. Da...", er zeigte mit seiner Hand in Richtung des Corvair, „ da liegen zwei Leichen im Auto. Wollte euch gerade anrufen, aber das Telefon unten am Restaurant ist zerstört. Bitte, ich habe nichts getan. Mein Name ist Tucker Barnes."

„ Halts Maul, Alter". Bannister kam mit gezücktem Revolver auf den Farmer zu. „ Hände an den Motor Freundchen und dann einen Schritt zurück. Na los."

Riley rannte zu dem Corvair und wußte nach wenigen Sekunden Bescheid.

„Nein, nicht schon wieder so eine Schweinerei wie voriges Jahr." Entsetzt sprintete er zurück zum Polizeiwagen und verständigte die Kollegen.

„Sir, Sie sind vorläufig festgenommen, wegen Verdacht des Mordes. Zweifacher Mord um genau zu sein." Bannister unterrichtete Barnes über seine Rechte, der wiederum vor lauter Schreck und Aufregung kein Wort hervorbrachte. Die Cops legten dem Farmer Handschellen an und setzten ihn in den Polizeiwagen.

„Das gibt es doch nicht. Schon wieder. Ich habe es geahnt. Wir haben es mit einem Serienkiller zu tun!"

Jefferson stand wie erstarrt vor dem Wagen der beiden jungen Leute.

„Art, komm schnell. Der Junge lebt noch."

Dr. Phelps, der die beiden am untersuchen war, schrie laut auf. „Seine Atmung ist ganz flach, aber er lebt." Der Arzt sah Jefferson freudig an und veranlaßte den sofortigen Transport des Verletzten ins Krankenhaus.

„Wenn er durchkommt dann haben wir vielleicht die Chance den Dreckskerl zu erwischen, der dass getan hat." Hoffnungsvoll sah der Detective Phelps an.

Rasch stellte sich heraus, dass Barnes nicht der gesuchte Killer sein konnte.

Im Krankenhaus konnte Jefferson   eine erste vage Befragung an Billy vornehmen, obwohl dieser nur schwer antworten konnte.

„Wer hat das getan, Billy?" Die Stimme des Detective klang ruhig und besonnen, doch sein tiefstes Inneres stand kurz vor einer Explosion.

„Saßen im Wagen...ein Auto kam...glaube ein weißer Chevy...", nur unter großer Anstrengung und mit letzter Kraft brachte Billy die Worte hervor. „ Grelles Licht...Taschenlampe...dann geschossen...ohne ein Wort."

„Wie sah er aus?"

„Großer Mann...breite Schultern... Gesicht nicht gesehen...ging alles so schnell." Er röchelte und man konnte sehen das er keine Kraft mehr zum Sprechen hatte.

„Immerhin haben wir jetzt mehr Hinweise als am Anfang." Jefferson sah seinen Freund 0´Leary an. „Wenn er wieder ganz auf den Beinen ist, können wir ihn richtig befragen."

„Sprechen wir nochmals mit dem alten Farmer. Er hat den weißen Chevy auch gesehen. Vielleicht erinnert er sich jetzt an irgendein Detail. Sei es auch noch so klein und scheinbar unbedeutend."

San Francisco zeigte sich an diesem heißen Augusttag von seiner schönsten Seite. Ein wolkenloser, tiefblauer Himmel spannte sich über die Stadt, ein leichter Wind wehte vom Meer herüber und die City sprühte nur so vor Leben.

Ich saß in einem kleinen Straßencafe, gegenüber des San Francisco Chronicle, jener großen Zeitung, der ich einen Brief hatte zukommen lassen.

Es wurde nun Zeit, dass die Welt Notiz von mir nahm. Heute müßte das Schreiben die Redaktion erreichen.

„Möchten Sie noch einen Kaffee, Sir?"

Die junge hübsche Bedienung des Cafe war an mich herangetreten.

„Nein", antwortete ich nur kurz.

Ob es nun diese kurze schroffe Antwort war oder mein ganzes Auftreten: Die junge Dame sah mich mit einem merkwürdigen Ausdruck im Gesicht an und ich glaubte, Angst in ihren Augen zu sehen.

Wie sie mich doch alle anekelten. Da laufen sie alle durch die Sonne und denken es wäre alles gut. Was für ein Schwachsinn.

Die Weiber meinten, sie müßten nur mit ihren

Hintern wackeln und die Welt würde ihnen zu Füßen liegen. Und die Hurenböcke mit ihrem lässigen Benehmen und den schicken Sonnenbrillen auf ihren Nasen denken auch, sie wären einzigartig. Wie erbärmlich!

Was betteln und jammern sie doch um ihr jämmerliches Dasein, wenn es darauf ankommt. Wie diese beiden Waschlappen am Blue Rock Springs. Glück gehabt, dass der Bursche überlebt hat. Purer Zufall, sonst nichts.

Im Nachhinein hatte ich mich über meine scheinbare Schlamperei geärgert. Eine oder zwei Kugeln mehr hätte ich abfeuern müssen, dann wäre der Spinner jetzt auch tot. Ich holte einmal tief Luft. Beim nächsten Mal bin ich nicht so nachlässig. Aber ab dem heutigen Tag würde so oder so alles etwas anders werden. Spätestens mit der Abendausgabe des SFC[4] würde man mich kennen. Und dann gnade euch euer Gott: Ich kann es noch besser.

---

4   SFC= San Francisco Chronicle-Tageszeitung

Der Anruf des SFC ging gegen ein Uhr beim VPD ein. Detective 0´Leary nahm das Gespräch entgegen.

„Tag Detective, mein Name ist Frank Miner, Chefredakteur beim San Franzisco Chronicle.

Ich glaube Sie müssen einmal bei uns vorbeischauen. Wir haben gerade eben mit der Post einen Brief erhalten, der eigentlich an Sie adressiert sein sollte."

Der Sergeant schnappte förmlich nach Luft, als ihm der Journalist den Brief vorlas.

„In dreißig Minuten sind wir bei Ihnen. Ich muß nur noch meinem Kollegen Bescheid geben. Bis gleich und danke für den Anruf."

Lieber Herausgeber,

hier schreibt der Mörder der beiden Teenager am Lake Herman letzte Weihnachten und des Mädchens am 4. Juli am Golfplatz in Vallejo. Um zu beweisen, dass ich der Mörder bin, werde ich einige Fakten nennen, die nur mir und der Polizei bekannt sind. <u>Weihnachten</u>

1) Markenname der Munition war Super X
2) 10 Schüsse wurden abgefeuert
3) Der Junge lag auf dem Rücken mit den Füßen zum Wagen
4) Das Mädchen lag auf der rechten Seite, die Füße zeigten gen Westen

<u>4. Juli</u>
1) Das Mädchen trug gemusterte Hosen
2) Der Junge wurde unter anderem im Knie getroffen
3) Markenname der Munition war Western.

Hier ist ein Teil eines Geheimcodes. Die anderen beiden Teile des Codes habe ich an die Herausgeber der Vallejo Times und des San Francisco Examiner geschickt. Ich verlange, dass Sie den Code in Ihrer Zeitung abdrucken. Der Code enthält meine Identität.Wenn Sie den Code nicht bis zum Nachmittag des 1. August 1969 abdrucken, werde ich Freitagnacht einen Amoklauf starten. Ich werde das gesamte Wochenende herumfahren und nachts einsame Menschen töten und so lange damit weitermachen, bis ich übers Wochenende ein Dutzend getötet habe.

„Jetzt haben wir den Mist!" Jefferson hatte den Brief dreimal gelesen.

„Mister Miner, Sie dürfen nicht den ganzen Brief abdrucken, bitte Sir. Nur einen Teil. Sagen wir, nur die Hälfte und diese komischen Zeichen, von denen wir noch nicht wissen, was sie zu bedeuten haben. Auf keinen Fall dürfen Sie die Beschreibung der Morde abdrucken!"

Er sah den Chefredakteur mit ernster Miene an. Miner, ein drahtiger Endvierziger mit großen, braunen Augen erwiderte den Blick des Polizisten. „Selbstverständlich. Fertigen Sie eine Kürzung an. Ich werde den Brief dann gleich in die Druckerei geben, so dass er noch in der Abendausgabe erscheinen kann."

„Sir, hätten Sie ein wenig Geld für mich?. Ich bin Kriegsveteran, war im zweiten Weltkrieg dabei. In Deutschland. Das Leben hat mich nicht gut behandelt. Bitte, Mister, und wenn es nur ein paar Cent sind."

Einer der vielen Obdachlosen war wie aus dem Nichts an mich herangetreten. Ein älterer Mann, Mitte sechzig, schäbig gekleidet, der nach billigem Schnaps roch. Ich wollte ihn gerade fortjagen, als ich in seine Augen sah. Unsere Blicke trafen sich und auf einmal war da etwas, dass mich zutiefst irritierte.

War es diese Treue in seinen wachen, hellblauen Augen oder diese Stärke, die sie ausdrückten? Es kam mir so vor als würde ich diesen Menschen schon ewig kennen. Was war das? Unverblümt und plötzlich, ohne dass ich es eigentlich gewollt hätte, fragte ich nach seinem Namen. Völlig verdutzt sah er mich an.

„Ich...mein Name ist Frank, Frank Lahoun, Sir."

„Setzen Sie sich doch bitte zu mir, Frank, bitte", Ich bot ihm einen Platz am Tisch an. „Ich würde Ihnen gerne einen Kaffee ausgeben, oder was Sie sonst trinken möchten?! Was auch immer."

Eben so wenig wie ich, hatte er auch nicht damit gerechnet.

„Sir, sind Sie sicher das ich mich zu Ihnen setzen soll? Sehen Sie mal, wie die Leute schauen, Sie..."

„Das interessiert mich einen Scheiß wie die Leute gaffen. Diese Spinner sollen sich um Ihren eigenen Dreck kümmern." Ich hatte extra lauter gesprochen, damit es jeder hören konnte. Mein neuer Bekannter bestellte sich wohl mehr aus Höflichkeit einen Kaffee und sah mich neugierig an. „Darf ich fragen, wie Sie heißen, Sir?" Ich sah ihn mit Bestimmtheit an. „Bitte Frank, nennen Sie mich nicht immer Sir. Ich komme mir damit so unheimlich alt vor. Nennen Sie mich... Buddy".

„Kommen Sie aus Frisco , Si...äh Buddy?"

„Nein, aus Vallejo. Ich lebe und arbeite dort. Bin heute nur beruflich hier in Frisco. Waren Sie schon mal in Vallejo?"

„Einige Male, ja. Schöne Stadt. Das mich jemand einlädt, einfach so, dass ist mir auch noch nicht passiert!"

„Wo kommen Sie her, Frank?"

„Aus Phoenix. Aber ich lebe schon seit fast dreißig Jahren hier in Frisco. Buddy, Sie..."

„Was ist passiert, Frank?", unterbrach ich ihn. Dann erzählte er mir seine Geschichte.

Vor zehn Jahren sei er noch verheiratet gewesen; seine Frau ist dann nach zwanzigjähriger Ehe an einem Krebsleiden gestorben. Einen Sohn mit namens Thomas habe er gehabt, ein prächtiger junger Mann. Er starb ein Jahr nach dem Tod der Mutter bei einem tragischen Arbeitsunfall, gerade einmal 27 Jahre alt.

Danach ging es langsam aber stetig abwärts. Er habe angefangen zu trinken, um den immer größer werdenden Schmerz zu betäuben.

Dadurch habe er dann seine Arbeitsstelle als Klempner verloren. Die Miete für die Wohnung habe er nicht mehr aufbringen können, Schulden kamen dazu. Der Teufelskreis fing an, sich zu schließen...

„Und das hat Ihnen das Genick gebrochen!"

Wie aus heiterem Himmel, urplötzlich und ohne das ich so etwas jemals auch nur ansatzweise gefühlt hätte, ergriff mich eine tiefe Anteilnahme. War das Mitleid? Oder war es nur mein eigenes Ich, dass hervortrat und nach Mitleid rief? Und jetzt, als dieser Frank so vor mir saß, in diesem kleinen Straßencafe in San Franzisco, sah ich eine große Ähnlichkeit zu Mutter`s Vater, zu Grandpa Walt.

Er hatte kurz geschnittenes, graues Haar, blaue Augen und eine markante, hervorstehende Nase. Seine große, schlanke Statur wurde durch sein wettergegerbtes Gesicht noch übertroffen, dass die vielen Narben, die das Leben geschlagen hatte, zeigte.

Was war mit mir Los? Ich wußte es nicht, noch nicht.

„Kommen Sie Frank, Ich würde Sie gerne zum Essen einladen. Dort drüben ist ein nettes kleines Restaurant."

„Aber Sir, äh Buddy...".

„Nichts Sir oder Buddy, kommen Sie bitte!"

Damit stand ich von meinem Platz auf, zahlte und ging voraus.

„Also okay, Wir haben hier also ein authentisches Schreiben des Liebespaarmörders von Vallejo. Was aber sind das für eigenartige Symbole? Eine Geheimschrift?! Oder will dieser Spinner uns nur verarschen?" O`Leary sah seinen Freund Jefferson an. Dessen zusammengekniffene Miene ließ nichts Gutes erahnen.

„Zunächst muß diese merkwürdige Schrift, oder wie man dieses Geschreibsel auch immer bezeichnen mag, entziffert werden. Schicken wir zunächst eine Kopie ans FBI. Sollten die dort nicht weiter kommen, wäre noch die Navy, die Air Force und die CIA anzusprechen. Aber vielleicht wird auch einer der Zeitungsleser daraus schlau, wenn der Brief veröffentlicht ist."

Aber zunächst konnte niemand von den Behörden die geheimnisvolle Schrift entziffern. Zahllose Menschen riefen bei der Polizei oder der Zeitungsredaktion an und behaupteten, den Code geknackt zu haben. Doch ein richtiges Ergebnis war nicht dabei. Erst zwei Tage nach der Veröffentlichung in der Zeitung war ein Volltreffer dabei. Ein pensionierter Lehrer und seine Ehefrau hatten die geheimnisvolle Mitteilung des Killers entschlüsseln können.

Ich töte gerne Menschen, weil es so viel Spass macht. Es macht mehr Spass, als Wild im Wald zu töten, denn der Mensch ist das gefährlichste Tier von allen. Jemand zu töten ist die aufregendste Erfahrung, besser noch, als einen Höhepunkt mit einem Mädchen zu haben. Das Beste daran ist, wenn ich gestorben bin, werde ich im Paradies wiedergeboren und alle, die ich getötet habe, werden meine Sklaven sein. Ich werde euch meinen Namen nicht geben, denn ihr werdet versuchen, mein Sammeln von Sklaven für das Jenseits zu verlangsamen oder zu verhindern.

„Liest sich ja richtig unheimlich. Wie ich schon dachte, wir haben es mit einem Gestörten zu tun!"

Detective Jefferson sah in die Runde von Polizeibeamten, die sich im großen Besprechungsraum des VPD versammelt hatten.

„Im Schreiben hat der Killer, wie bekannt, Details genannt, die so nicht in den Zeitungen standen. Also können wir zunächst davon ausgehen, dass der Schreiber des Briefes und der Killer ein und die selbe Person sind."

„Ein Serienkiller! Sowas hat uns gerade noch gefehlt. Werden wir das FBI hinzuziehen?"

Deputy Michael Stiller sah seinen Vorgesetzten fragend an.

„Ja Michael, dass werden wir müssen. Alleine kommen wir da mit Sicherheit nicht weiter. Ich habe schon mit den Jungs in Los Angeles telefoniert. Morgen wird ein Special Agent hier in Vallejo eintreffen. Dann sehen wir weiter."

Frank Lahoun wälzte sich in seinem Bett unruhig hin und her, wenn man dieses verrostete und laut knarrende Gestell mit der uralten, übelriechenden Matratze so nennen wollte. Aber immerhin, es war ein Bett, dass so eben in die kleine Wellblechhütte passte, die von der Stadtverwaltung San Franzisko Obdachlosen, wie ihm, auf einem brachliegenden Grundstück in der Sunset Street zur Verfügung gestellt wurden.

Ein Bett, ein kleiner Tisch, ein Stuhl, ein kleines Regal für seine wenigen Habseligkeiten, aber Lahoun hatte jetzt ein Dach über dem Kopf.

Es war gegen sechs Uhr in der Frühe als er aufstand. Sein Rücken schmerzte höllisch und es war jetzt schon unangenehm warm in dem kleinen Raum.

Aus einem Metalleimer goß er etwas Wasser in eine Waschschüssel und begann mit der Morgentoilette. Danach bereitete er sich ein karges Frühstück zu, dass aus einem Erdnußbutter-Sandwich und einem halben Glas voll mit Whiskey bestand.

Heute wollte er wieder zur Arbeitsvermittlungs-stelle für Tagelöhner gehen.

In letzter Zeit hatte er immer wieder Glück

gehabt und einige Tagesjobs erhalten; die paar Dollar, die er da verdienen konnte, würden ihn über Wasser halten. Er war sich für keine Arbeit zu schade.

So verließ er seine Unterkunft und kaum war er draußen im Freien, fing er schon an zu schwitzen. Bereits am frühen Morgen brannte die Sonne erbarmungslos von einem wolkenlosen blauen Himmel.

„Morgen Frank, gut geschlafen trotz der Hitze?" Dick Morane, ein Bekannter von Lahoun, stand vor seiner Hütte und rauchte eine Zigarette.

„Einen wunderschönen Guten Morgen, Dick. Danke der Nachfrage. Habe hervorragend geschlafen und fühle mich wie neu geboren."

Lahoune´s spöttischer Unterton in seiner Stimme war für Morane Anlaß genug, schon den Versuch einer Unterhaltung aufzugeben. Sogleich blickte er in eine andere Richtung und ließ den Angesprochenen seines Weges gehen. Bis zur Vermittlungsstelle in der Sunstreet war es ein Fußweg von etwa dreißig Minuten und Frank erreichte schließlich sein Ziel gut gelaunt. Er freute sich auf eine mögliche Arbeit. Ansonsten wäre wieder Betteln angesagt.

Der Andrang anderer Arbeitssuchender war

heute wohl wegen der frühen Hitze schon nicht all zu groß. Nach weiteren zwanzig Minuten Wartezeit in der Schlange der Anstehenden war er endlich an der Reihe.

„Morgen Frank, wie geht es Heute?"

Ein beleibter, schwitzender Mitarbeiter der Vermittlungsstelle begrüßte ihn freundlich.

„Morgen Pete, hast Du heute wieder was für mich? Egal was." Erwartungsvoll sah Lahoun den Vermittler an.

Gegen fünf Uhr am Nachmittag war die Arbeit beendet.

Lahoun hatte den ganzen Tag in der Downtown Parkanlagen und Gehwege gereinigt.

Doch für die sechzig Dollar, die er heute dafür bekommen würde, hatte er dies gern getan.

Aber jetzt war erstmal Wochenende.

Nachdem er sich seinen hart verdienten Lohn an der Vermittlungsstelle hatte ausbezahlen lassen, ging er wiederum gut gelaunt und stolz auf sich und seine Leistung zurück zu seiner Hütte.

Nur wenige Meter vor seinem Ziel lungerten zwei Männer am Straßenrand herum.

Man sah ihnen an, dass sie nichts Gutes im

Schilde führten.

Einen der beiden Männer kannte Lahoun.

Es war Freddy „The Butcher" Cole, ein übler Bursche, der nur auf Streit aus war.

Den anderen Kerl kannte Frank nicht. Aber auch der stand in seinem Äußeren in Cole nichts nach. Ein brutales Gesicht, gezeichnet von Alkohol und Schlägereien.

Das wird nichts anständiges geben, dachte Lahoun und griff sicherheitshalber in seine Hosentasche, in der er ein Messer mit sich führte. Er tat so als würde er die beiden nicht bemerken, doch als er auf gleicher Höhe zu ihnen war, sprach ihn Cole an.

„Na Lahoun, wieder Kohle verdient?. Willst Du nicht ein paar alten Kumpel von Dir etwas abgeben?. Bist doch ein lieber Kerl."

Sein vom Alkohol aufgedunsenes Gesicht verzog sich zu einer ironischen Fratze mit einem schmierigen Grinsen.

„Ich habe kein Geld, Freddy. Und selbst wenn ich welches hätte, Dir und deinem Kumpan würde ich keinen Cent geben. Geh doch selber arbeiten oder wenigstens Betteln."

Kaum hatte er die Worte ausgesprochen, sprang Cole mit einem großen Satz, trotz seines beleibten Körpers, auf Lahoun zu, griff ihn an den Hals und hielt plötzlich ein kleines Messer in der Hand, dass er Frank an die Kehle hielt.

„Wie war das? Rück die Knete raus Frank oder ich schneide Dir deinen Hals ab. Mach schon." Dabei drängte er Lahoun zu Boden und setzte sich mit seinem schweren Körper auf ihn.

Sein Kumpan kniete sich vor Lahoun´s Kopf hin und grinste nur blöde.

Frank Lahoun hatte schon oft in seinem Leben Todesangst gehabt und deshalb war er jetzt ganz ruhig und leistete keinen Widerstand. Denn das hätte für ihn den sicheren Tod bedeutet. Gegen die beiden brutalen Typen hatte er nicht die Spur einer Chance.

„In meiner rechten Jackentasche ist das Geld. Mehr habe ich nicht." Angewidert durch den ekelhaften Körpergeruch von Cole, der wie ein Skunk[5] roch, wandte er sein Gesicht ab.

Cole durchwühlte mit seinen schmutzigen und von Nikotin gelben Fingern gierig in der Jackentasche herum, bis er schließlich die hart verdienten sechzig Dollar in der Hand hielt.

---

5   Skunk: zu den Mardern gehörendes amerik. Stinktier

„Sag mal, Lahoun. Was ist denn, wenn ich Dir trotzdem..."Aber weiter kam er nicht. Die beiden Halunken waren so sehr bei der Sache gewesen, dass sie nicht den großen Schatten bemerkt hatten, der sich lautlos über sie gelegt hatte. Ein metallisches Klicken und der kalte Lauf eines Revolver an der Schläfe von Cole ließen ihn erstarren. Sein Kumpan blickte erst gar nicht hoch. Eine Stimme, dumpf und eiskalt, sagte zu ihm „ Wenn Du nicht innerhalb von zwei Sekunden dein Brotmesser von Franks Hals nimmst, werde ich deinem Kumpel und Dir die Spatzenhirne aus den Schädeln ballern."

Unvermittelt bekam der genannte Kumpan einen Fußtritt mitten ins Gesicht. Er fiel laut schreiend nach hinten, begann zu jammern und suchte sein Heil in der Flucht, eine deutliche Blutspur nach sich ziehend. Freddy Cole hingegen bewegte sich keinen Zentimeter und blickte wie erstarrt auf Lahoun.

„Komm da runter, stinkendes Schwein.", befahl die Stimme und sofort kam Cole dieser Anordnung nach. Er richtete sich auf und blickte den Unbekannten an. Der Revolver und ein Blick in die Augen sprachen für sich:

Vor ihm stand der leibhaftige Tod.

Nachdem ich in Frisco einige Ersatzteile besorgt hatte, wollte ich Frank Lahoun noch einen kurzen Besuch abstatten. Er würde sicherlich darüber erfreut sein.

Ich hoffte, dass ich ihn in seiner Unterkunft in der Sunset Street antreffen würde.

Da es schon gegen halb sechs Uhr war hatte ich gute Chancen. Frank hatte mir einmal erzählt, dass er abends nicht mehr durch die Straßen ziehen würde.

Im Pick up der Werkstatt war es unerträglich heiß. Mir lief der Schweiß förmlich in Bächen am Körper herunter.

Nach gut einer viertel Stunde Fahrt bog ich in die Sunset Street ein und trat augenblicklich auf die Bremse. Mit einem unangenehmen Quietschen kam das Fahrzeug zum Stehen.

Keine fünfzehn Yard vor mir erkannte ich Frank Lahoun auf dem Boden liegend, umringt von zwei Typen.

Ich griff nach dem Browning, stieg aus dem Wagen und ging die wenigen Schritte auf die ungleiche Gruppe zu.

„Hey Mister, bitte, tun Sie mir nichts. Frank ist ein guter alter Freund von mir und meinem Kumpel Carl."

Cole zitterte am ganzen Körper und seine raue, versoffene Stimme überschlug sich fast vor Aufregung.

„Alte Freunde? Bedroht man alte Freunde mit einem Messer und versucht sie auszurauben?

Paß jetzt mal genau auf und hört mir gut zu, armseliges kleines Würstchen. Ich gebe Dir jetzt nochmal zehn Sekunden und dann bist Du aus meinem Blickwinkel verschwunden.

Und solltest Du oder dein Kumpan auch nur ansatzweise in Frank´s Nähe kommen, dann werde ich euch beiden den Kopf abschneiden. Kapiert?" Ich grinste Cole an. Dieser drehte sich, ohne ein weiteres Wort zu sagen herum und rannte los, so schnell wie es seine dreckigen Schuhe hergaben.

Nur ein paar Leute hatten die Situation mitbekommen. In diesen Gegenden kümmerte man sich nicht um andere Leute und schon gar nicht um deren Probleme.

Ich half Frank auf die Beine.

„Du hast ja ganz tolle Freunde, Oh Frank, dass hätte ins Auge gehen können!"

„Wäre ich nur ein paar Minuten später gekommen, oder gar nicht...?!

Ich beäugte ihn streng doch in meinem Inneren

bebte ich zugleich vor Aufregung und Mitgefühl.
„Danke Buddy, mein junger Held. Du hast was gut bei mir." Frank sah mich mit einem traurigen Ausdruck in seinen Augen an.
„Jetzt wo man alt ist merkt man erst wie zerbrechlich man doch eigentlich ist und furchtbar klein. Aber..."
„Nichts aber, komm. steig in den Truck, Ich lade dich zum Abendessen ein. Ich habe nämlich nach der Rettungsaktion einen Bärenhunger."

„Wenn Sie das Verfahrensrecht in diesen speziellen Fällen anwenden könnten, da wäre ich Ihnen sehr verbunden, um nicht zu sagen froh darüber. Denn diese Materie ist mithin die komplexeste im gesamten öffentlichen Recht."

Professor Jonathan Taylor sah über den Rand seiner kleinen Nickelbrille auf die handvoll Studenten, die den Weg zu seiner Vorlesung gefunden hatten.

„Sollten Sie darüber hinaus noch ein, besser wären zwei Präzedenzfälle anführen können, so wäre das fantastisch. Damit wünsche ich Ihnen ein schönes Wochenende und würde mich freuen, Sie wieder so zahlreich wie heute am Montag begrüßen zu dürfen. Auf Wiedersehen."

Karen sah ihren Freund Ben an, der neben ihr saß.

„Wollen wir nachher noch etwas unternehmen? Wie wäre es wenn wir nach Frisco fahren?"

Die rothaarige, große und schlanke Studentin blickte fragend zu ihrem Freund.

„Okay, schöne Frau", antwortete Ben, ein großer muskelbepackter junger Mann mit kurzen blonden Haaren und einem markanten, eckigen Gesicht mit hellen blauen Augen.

„Aber vorher fahren wir noch am Lake Berryessa vorbei. Ich möchte Dir dort eine traumhafte, wunderschöne Stelle zeigen. So etwas schönes hast Du bestimmt noch nicht gesehen." Er blickte auf seine Taschenuhr.

„Sagen wir gegen drei Uhr. Ich warte dann unten vor dem Wohnheim im Wagen auf Dich. Jetzt fahre ich erst mal nach Hause nach Mum schauen. Heute morgen ging es ihr nicht so gut. Das Alter. Sie ist ja auch schon 74 Jahre alt. Da ist man kein junges Ding mehr, nicht wahr?"

Dabei sah er Karen verlangend an.

Im Wohnheim des Public Law College von Napa herrschte wie immer vor einem freien Wochenende großer Trubel und Hektik.

Viele der Studenten verließen dann das Gebäude um bei den Eltern oder Bekannten das Wochenende zu verbringen.

Karen hatte nichts dergleichen vor. Jedenfalls an diesem Samstag und Sonntag nicht.

Ihre Eltern und zwei Geschwister lebten in Sacramento, doch die Fahrt dort hin mit dem Zug war ihr heute zu viel.

Außerdem standen bald Zwischenprüfungen an und Ben, ihr Freund, war auch noch da.

Jetzt wollte sie sich einmal mit ihm eine schöne Zeit machen.

Ab und zu schlief Ben bei ihr im Wohnheim aber ansonsten lebte er bei seiner Mutter, die ein großen Haus besaß auf dem Land, zwischen Vallejo und Napa. Ben´s Vater war vor zwei Jahren gestorben. Einfach so.

Eines Tages brach er beim Rasenmähen tot zusammen. Eine genaue Ursache konnte nicht festgestellt werden. Das Herz sei es gewesen, hieß es dann schließlich.

Die Studentin machte sich etwas frisch, zog sich eine Jeanshose und ein luftiges T-Shirt an und trug noch etwas Make up auf.

Seit einem Jahr war sie nun mit Ben befreundet und es sah so aus, nein, es fühlte sich auch so an, dass es die erste große Liebe war.

Um genau drei Uhr stand Ben mit seinem weißen VW Karman Ghia vor dem mehrstöckigen und weitläufigen Studentenwohnheim.

An diesem Tag war es ungewöhnlich heiß gewesen und der attraktive Student war nur mit einer kurzen Sporthose und einem T-Shirt bekleidet, so dass seine athletische Figur noch mehr hervorstach.

Als Karen ihren Freund so sah, hätte sie sich auf der Stelle nochmals in ihn verlieben können.

„Oh Mann, Du siehst zum anbeißen aus, Ben."

„Nur zu, Baby. Aber Du mußt dann damit rechnen, dass ich zurück beiße."

Ausgelassen lachend stiegen die beiden in den Wagen und fuhren über die Bronsville Road in Richtung des Lake Berryessa. Nach rund zehn Minuten Fahrt hatten sie das Gewässer erreicht.

Dieser See war einfach nur wunderschön.

Ganz von sanften, mit wenigen Kiefern bestandenen Hügeln, war der See viele Meilen lang und an seiner breitesten Stelle konnte man das andere Ufer mit bloßem Auge nicht sehen.

Je nach dem, wie das Sonnenlicht fiel, zeigte sich das Wasser einmal in grüner Farbe und dann wieder in Blau.

In der Nähe von zwei großen, schattenspendenden Kiefern breitete Ben eine Decke aus.

Karen hatte etwas zu Trinken und zu Essen eingepackt und so stand einem Picknick in idyllischer Umgebung nichts im Wege.

Was hatten diese Vollidioten von der Polizei nicht alles unternommen, um meine geheimnisvolle Botschaft an sie entziffern zu können.

Der Zodiac, Mann oh Mann.

Grandpa Walt hatte mir einmal von den Tierkreiszeichen erzählt und so kam es, dass ich diesen Namen für mein Tun benutzte. Ich fand es einfach nur geheimnisvoll. Hörte sich doch gruselig an.

Und die so geheimnisvollen Schriftzeichen und Symbole; jeder Dahergelaufene hätte das Gleiche zustande gebracht. Ich hatte mich einfach nur mal damit befasst und nach meinem eigenen Schema etwas ausgearbeitet.

Und mein mysteriöses Symbol? Was hatten sie nicht alles hinein gedeutet. Die Morde würden einem bestimmten Muster folgen. Einmal zur Sonnenwende, dann wieder zur Mondwende, zu bestimmten jüdischen Feiertagen...

Was für ein Schwachsinn. Alles purer Zufall. Aber sollten die Trottel doch glauben was sie wollten.

Das Symbol war nur das Fadenkreuz eines Zielfernrohres, von mir nur leicht abgeändert.

Verdammt noch mal, warum sollte ich mir nicht

den Spaß machen, diese Schwachköpfe bei der Polizei und den Zeitungen mit Briefen von mir auf Trab zu halten?

Bis eben zu jenem letzten Brief und das...

Ich sah in den Rot aufleuchtenden Bremslichtern des Wagens der vor mir fuhr mein Zodiac-Symbol und wäre ihm fast hinten drauf gefahren, als er bremste.

Gerade noch konnte ich das Schlimmste mit einer Vollbremsung verhindern.

„Reiß dich zusammen", murmelte ich zu mir selber.

Der Fahrer im Wagen vor mir hatte mein Manöver mitbekommen und drohte mir mit der Faust.

Ich nickte mit dem Kopf und machte mit der Hand eine beschwichtigende Geste.

Neben dem Fahrer saß eine Frau, die auch anfing mir die Faust zu zeigen.

Als die rote Ampel auf Grün umschaltete, gab der Fahrer Gas und hielt dabei die geballte Faust aus dem Seitenfenster.

„Hast Du das gesehen? Fast wäre mir dieser Idiot rein gefahren." Ben hatte so einen Schrecken bekommen, dass sein Puls anfing zu hämmern und er einen staubtrockenen Mund bekam.

Schließlich gehörte der VW seiner Mutter und die alte Lady war auf das Fahrzeug angewiesen. Ein Unfall, vielleicht noch mit Totalschaden, hätte gerade noch gefehlt.

„Hat der Spinner nicht die rote Ampel gesehen? Leute gibt´s!"

„Laß es gut sein, Ben. Es ist ja nichts weiter passiert, außer dieses fürchterliche laute quietschen beim Bremsen. Der Typ sollte mal die Bremsanlage seiner alten Karre überprüfen lassen. Der Chevy von Ihm scheint älteren Baujahres zu sein!?"

Ben sah nochmals in den Rückspiegel und fuhr dann mit Vollgas davon.

Was wollte dieser Schwachkopf in seinem flotten VW denn von mir?

Ich war in Napa gewesen um ein Ersatzteil für meinen Chevy zu besorgen. Und dann das.

Ich hatte mich doch entschuldigt und diese Mißgeburt vor mir, samt seiner kleinen Schlampe neben ihm, meinte jetzt, er müsse mir mal so richtig was mitteilen.

Na dann, okay, soll er haben, sollen beide haben. Falsche Zeit, falscher Ort.

Ich ließ einen großen Abstand zu dem vor mir fahrenden VW und konnte ihm so unauffällig folgen.

„Ach Ben, wie schön ist das denn ?"

Karen sah ihren Freund verträumt an.

„Warst wohl schon öfters mit anderen Mädchen hier, oder?"

„Meine liebe Karen. Du bist die schönste Frau auf der ganzen Welt und...Nein, Du bist die erste, mit der ich hier bin!"

Die angehende Rechtsanwältin verzog das Gesicht und lächelte zweideutig.

Die beiden aßen ein Sandwich mit Corned Beef und legten sich dann bäuchlings zum See hin auf ihre Decke. So lagen sie minutenlang nebeneinander, schweigend, und genossen die Ruhe und Stille der idyllischen Umgebung.

Ein plötzliches lautes knacken ließ sie nach hinten schauen und erstarren.

Sie bogen zum Lake Berryessa ab, eine Gegend, die ich nur zu gut kannte.

Wie oft schon war ich damals mit Dad und Grandpa hier gewesen, an diesem wunderschönen See, der nicht nur wegen seines Fischreichtums ein beliebtes Ziel für Angler gewesen war. Doch so sehr sich die beiden auch angestrengt hatten, einen guten Angler konnten sie nicht aus mir machen.

Ich hatte einfach kein Interesse daran. Außerdem war mir das Ganze zu primitiv.

Der VW fuhr eine kleine Schotterstraße hinunter. In gebührendem Abstand folgte ich ihnen. An einem kleinen Seitenweg hielt ich an, setzte den Chevy rückwärts hinein, so dass er von der Straße aus nicht mehr zu sehen war.

Das Pärchen hielt mit seinem Wagen etwa achtzig Yard von mir entfernt an, und ging den Rest zu Fuß zum See.

Weit und breit war sonst niemand zu sehen oder etwas zu hören.

Ich schnallte mir ein großes Bowiemesser um, nahm den geladenen Revolver und griff zu einer selbst angefertigten schwarzen Kapuzenmaske mit dem Zodiac Symbol darauf. Schließlich war jetzt heller Tag und ich hatte keine Lust darauf, auch nur annähernd beschrieben zu werden. Man konnte ja nie wissen.

Der verdammte Ast hatte meinen Überraschungsmoment etwas getrübt.
Als ich darauf trat, gab es ein lautes Knackgeräusch und die Köpfe der beiden flogen förmlich zu mir herum.
Wie erstarrt sahen sie mich an.
„Was... was wollen Sie von uns? Sie...“
Der junge Mann sprach mit zittriger Stimme und versuchte aufzustehen.
„Liegen bleiben, oder ich schieße Dich in Stücke. Dann kann sich die Kleine dein Gehirn von außen ansehen.“ Er zog es vor, meiner Aufforderung Folge zu leisten.
„Und Du auch.“ Dabei deutete ich mit dem Browning auf die junge Begleiterin, die bebend vor Angst und mit offenem Mund zu mir aufsah und sich fast in die Hosen machte.
Ich stand da, beäugte sie durch die Augenschlitze meiner Maske und wäre fast in lautes Gelächter ausgebrochen, so armselig wie diese kleinen Würstchen vor mir lagen.
Der sonnengebräunte Athlet mit seiner kleinen

Hure. Was für ein jämmerlicher Anblick.

„Mister...wollen Sie Geld? Hier ich habe ein paar Dollar. Es ist nicht viel, aber immerhin. Sie können auch den Wagen nehmen. Die Schlüssel sind..."

„Halt dein dreckiges Maul", unterbrach ich ihn scharf. „ Ich will weder das Eine noch das Andere. Deine kleine Schlampe wird Dich jetzt fesseln. Hiermit !"

Ich schleuderte ihr eine Leinenschnur ins Gesicht.

„Na los, mach schon, blöde Nute. Aber richtig fest, kapiert?"

„Bitte Mister, ich...". Sie stammelte nur die Worte und wollte auch aufstehen.

„Bleib auf dem Boden und fessel Ihn. Oder ich mach Dich direkt kalt."

Sie beugte sie sich über ihren Freund und begann seine Hände auf dem Rücken zu binden.

Vor lauter Zittern zog sie die Fessel nicht richtig stramm, so dass ich nachziehen mußte. Dann kniete ich mich über sie und legte ihr die Binden an, so fest, dass sie anfing vor Schmerzen zu stöhnen und ihre Hände blau anliefen.

„Bitte Mister, tun Sie uns nichts. Es gibt für alles eine Lösung und..."

Tatsächlich unternahm der Hurenbock den Versuch, auf mich einzureden.

„Halt Dein blödes Maul, Stinktier."

Mit dem Knauf des Browning schlug ich ihm von hinten auf den Kopf. Er stöhnte dumpf auf und begann zu bluten, was mich nur noch mehr anregte und die Wut in mir schrankenlos werden ließ.

Und nun kam der lustvollste Moment. Ich beugte mich über das am Boden liegende Flittchen und begann auf sie einzustechen.

Nach den ersten beiden Stichen in ihren hübschen Rücken schrie sie laut auf, doch je mehr ich auf sie einstach, umso kläglicher wurde ihr Gestöhne und Geschreie.

Etwa zwei Dutzend mal rammte ich ihr das Bowiemesser in den Rücken.

Der Typ neben ihr glotzte ungläubig und lallte nur immer wieder „ Bitte nicht, bitte nicht, dreckiger Mörder, feiges Schwein."

Dann war ich mit der Kleinen fertig.

„So Süßer, jetzt zu Dir. Hattest schon vorhin an der Ampel ´ne dicke Lippe, Mir die Faust zeigen. Macht ein anständiger Junge so etwas?

Hat man Dir das so beigebracht? Sag mal.
Hat Dir niemand gelehrt, dass man vor fremden Leuten Respekt haben sollte?"
Mach´s gut, armseliges Stück Scheiße."
Dann stach ich zu.
Sein Blut spritzte dem Mädchen ins Gesicht, dass apathisch da lag und mit glasigen Augen ins Leere starrte.
Der Typ schrie auch einige Male auf, um dann urplötzlich still zu werden.
Die Dämmerung hatte schon längst eingesetzt und der See glitzerte in der untergehenden Sonne.
Ich reinigte das Messer an der Decke, sah mich nochmals um und ging zu meinem Wagen.
Als ich den VW sah , hatte ich einen Einfall.
Sollten die Bullen direkt zwei Nachrichten von mir erhalten. Eine jetzt, die andere später am Telefon. So mußten die stupiden Polypen nicht lange herumrätseln und ich nahm ihnen doch damit Arbeit ab. So schrieb ich mit einem Filzstift an die Beifahrertüre des VW.

Vallejo
12-20-68
7.4.69
Sept.27-69-7:30 per Messer

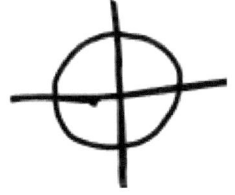

Dann ging ich ohne Eile zum Chevy, nahm die Kapuze ab, warf das Messer, den Revolver und die Wäscheleine auf die Rückbank und fuhr zur Bronsville Road hoch in Richtung Napa.

Hier angekommen hielt ich einige Blocks weiter an einer Telefonzelle an, um im Napa Police Department anzurufen.

„Napa Police Department, Officer Stroud."

„Guten Abend, Sir", begann ich," Ich möchte eine Mord melden. Nein, besser gesagt, einen Doppelmord, den ich gerade eben begangen habe. Zwei junge Leute. Sie liegen zwei Meilen nordöstlich von Pinewood, die Schotterstraße herunter. Dort steht auch ein weißer VW. Ich bin auch der von Vallejo und Blue Rock Springs.

Auf Wiederhören."

„Hey Mister, bitte nicht auflegen, Sie...".

Ich ließ den Hörer einfach herunterhängen, stieg in den Wagen und fuhr über die 29 zurück nach Vallejo.

Karen war zwei Tage nach dem Überfall im Napa District Hospital an ihren schweren Verletzungen gestorben.

Ihre Hauptschlagader war von den zahlreichen Messerstichen zerfetzt worden und der dadurch bedingte hohe Blutverlust hatte schließlich zum jähen Tod der hübschen und beliebten Studentin geführt. Als ihre Mutter vom Tod der Tochter unterrichtet wurde, brach sie mit einem schweren Herzinfarkt zusammen und überlebte nur knapp.

Jefferson und O´Leary standen im Krankenhaus von Napa am Bett von Ben und sahen den jungen Mann betroffen an. Die Nachricht von Karens Tod hatte ihn zutiefst erschüttert.

„Sir, können wir Ihnen jetzt ein paar Fragen stellen?"

Ja sicher Detective." Der junge Mann sprach mit leiser und kraftloser Stimme.

„Ich will doch, dass Sie dieses feige Schwein kriegen, der Karen..." Er begann zu schluchzen und Tränen liefen über seine Wangen.

„Können Sie den Kerl beschreiben?"

„Ich habe nicht viel gesehen.Auf einmal stand Er hinter uns. Er hatte eine schwarze Kapuze auf, mit diesem Zodiac-Symbol, wie es in den Zeitungen zu sehen war."

Er bekam einen starken Hustenanfall und verzog schmerzerfüllt sein Gesicht.

„Der Kerl sprach mit einer sehr ruhigen Stimme, ohne aufgeregt zu wirken, fast schon...monoton, wie ein langsames singen.

Hatte eine dunkle Hose an und schwarze Schuhe. War ganz dunkel gekleidet. Er sah etwas dick aus, stämmig und kräftig. Vielleicht war es aber auch nur die Kleidung, sie war weit und flattrig. Ach, es ging alles so furchtbar schnell; und dann die Angst...!"

Halt, da war vorher noch eine Sache an einer Ampel".

Dann erzählte Ben den Vorfall an der Verkehrsampel.

„Und Sie sagten, er fuhr einen weißen Chevy"?

Ja, so einen älteren, glaube ich. Ich habe Ihn ja auch nur durch den Rückspiegel gesehen".

„Konnten Sie sein Gesicht erkennen. Irgend etwas? Haarfarbe? Brille?". Jeffersons Stimme bekam einen leicht hysterischen Unterton.

„Ich glaube Er trug so eine Brille mit dickem schwarzen Rand. Hatte braune oder dunkelblonde Haare. War eher jünger".

Der Student sah die beiden Detectives hilflos an.

„Okay Ben, schon gut. Wir haben jetzt mehr Informationen über diesen Mistkerl als je zu vor. Damit läßt sich schon etwas anfangen. Das könnte uns ein gewaltiges Stück weiterbringen. Vielen Dank für Ihre Aussage.

Wenn sie wieder vollständig auf den Beinen sind, müßten Sie das Ganze noch im Protokoll unterzeichnen. Aber das eilt jetzt nicht. Erstmal gute Besserung."

Zwei Wochen nach der Attacke am Lake Berryessa kam es im VPD zu einer großen Besprechung aller am Fall ermittelnden Polizeidienststellen. Das FBI war ebenso anwesend wie die Polizei von Napa und dem Sonoma County. Detective Arthur B. Jefferson leitete die Sitzung.

Er trug alle Fakten vor, die bis dahin vorgelegen hatten. Im Raum war es totenstill als er mit dem Bericht begann.

„Die bisherigen Opfer waren alle Studenten und Studentinnen. Sie waren stets zu zweit unterwegs an einsam gelegenen Orten.

Die Überfälle geschahen immer am Wochenende oder vor Feiertagen; dass vielleicht darauf schließen läßt, dass unser Mann einer Arbeit nachgeht.

Die Morde geschahen immer bei Einbruch der Dunkelheit oder in der Nacht.

Bis jetzt benutzte er einen Revolver der Marke Browning, Spezialanfertigung, dreizehn Schuß Trommel, Kaliber 9 mm, Western X Munition.

Derartige Waffen wurden noch vor einigen Jahren zu tausenden in die gesamten Staaten geliefert. Da hat sich kein Anhaltspunkt ergeben. Bis jetzt jedenfalls nicht.

Aber wir bleiben da weiter dran.

Raubmord können wir als Motiv ausschließen. Es wurde nie etwas gestohlen. Und sexuelle Absichten können wir ebenfalls verneinen. Weder die Mädchen noch die männlichen Begleiter wurden in irgendeiner Weise derart geschändet.

Sein bisheriger Briefverkehr mit den Zeitungen ist bekannt. Und er prahlt jedes mal nach den Morden mit einem Anruf bei der Polizei. Nach ersten Erkenntnissen und Hypothesen der Kriminalpsychologen, speziell Dr. Llewellyn von der San Francisco University, scheint es sich um einen geltungssüchtigen Psychopathen zu halten. Er dürfte alleine leben, vielleicht aber auch noch bei seinen Eltern oder mit Geschwistern zusammen. Sein Alter liegt etwa bei 25-28 Jahren. Er hat so gut wie keine Freunde, höchstens flüchtige Bekanntschaften. Vielleicht ist er mal als Kind aufgefallen durch Tierquälerei. Und er könnte lange Zeit Bettnässer gewesen sein, bis ins Jugendalter.

Der Killer pflegt keinen Kontakt zu Frauen, er dürfte überhaupt keine sexuellen Kontakte pflegen. Seine Befriedigung wird er durch das Morden erhalten."

Jefferson hielt kurz inne, nahm eine Schluck Wasser zu sich und fuhr fort.

„Jetzt noch mal detailliert zur Beschreibung des Killers.

Wie gesagt etwa 25 - 28 Jahre alt.

Stämmige, kräftige bis korpulente Figur, etwa 180 cm groß.

Trägt wahrscheinlich eine Brille mit schwarzer Umrandung. Könnte sich aber auch um eine Tarnung handeln.

Der Typ hat dunkelblonde oder hellbraune Haare.

Die Kleidung die er trug war unauffällig. Meist dunkle Hose und dunkle Jacke.

Insgesamt macht er einen gepflegten Eindruck.

Er spricht immer mit ruhiger, monotoner Stimme ohne einen erkennbaren Akzent.

Seine Schuhgröße ist 44, aufgrund der im Boden am Lake Berryessa gefundenen Abdrücke.

Fingerabdrücke konnten bis jetzt keine gefunden werden.

Tja, liebe Kollegen, dass ist somit der aktuellste Stand. Mehr haben wir nicht. Aber ich finde das ist schon eine ganze Menge; jedenfalls mehr als am Anfang.

Hat von Ihnen jemand noch eine Frage?
Selbstverständlich erhalten Sie alles nochmal schriftlich.
„Eine Wortmeldung?. Okay, dann möchte ich Ihnen noch etwas sagen. Wir werden den Kerl kriegen. Das verspreche ich Ihnen."

„Hände hoch, Mister. Legen Sie beide Hände auf das Dach des Wagen, treten einen Schritt zurück und spreizen die Beine.

Sie sind festgenommen wegen vierfachen Mordes. Sie sind der Zodiac-Killer. Ich verurteile Sie hier an Ort und Stelle, Kraft meines Amtes, zum Tod in der Gaskammer des Staats- gefängnis von San Quentin."

Ein großer, breitschultriger Polizist stand neben mir und sah mich mit ausdruckslosen, großen Augen an. Seine Stimme war mir irgendwie vertraut...Ja natürlich, dass war...

Ich wachte auf. Verdammt nochmal, wieder so ein eigenartiger Traum. Wie so oft in den letzten Wochen.

Der Wecker zeigte drei Uhr in der Nacht.

In der Küche trank ich ein Glas kalte Milch und aß einen Schokosnack. Im Wohnzimmer setzte ich mich auf das Sofa und starrte durch das große Fenster hinaus in die Dunkelheit.

Irgendwo in der Ferne war das Geheule eines Hundes zu hören und am dunklen mondlosen Himmel sah ich hin und wieder einige Sternschnuppen entlang fliegen.

Ja, ich war der Zodiac. Sie hatten es doch aber alle verdient, oder etwa nicht? Gab es überhaupt jemanden,der mir das Recht hätte absprechen können, es nicht zu tun?

Nein und nochmals Nein.

Wie viele Male bin ich schon gestorben, bin getötet worden von dieser Welt?

Ich bin nicht verantwortlich für das was bisher geschehen ist. Sie hatten doch allesamt ihr Glück gehabt. Die Welt stand ihnen offen.

Und mir ? Nichts und wieder nichts.

Nur Düsternis und Traurigkeit. Aber jetzt...

„Was machst Du denn hier unten um diese Uhrzeit?"

Die Stimme von Dad hatte mich aus dem Schlaf geschreckt. Ich war auf dem Sofa eingenickt.

„Morgen Dad. Ich bin in der Nacht wachgeworden und muß dann hier wieder eingeschlafen sein. Mir schmerzen sämtliche Knochen im Leib von dem harten Sofa."

„Und das am Sonntag! Kannst doch heute ausschlafen. Geh wieder hoch ins Zimmer und leg Dich noch was hin. Du brauchst doch nicht arbeiten."

„Nein Dad, laß es gut sein. Ich kann jetzt

sowieso nicht mehr schlafen. Außerdem wollte ich nachher noch etwas am Chevy arbeiten. Der Motor läuft nicht ganz rund. Ich muß da mal nachschauen."

Dad schlurfte in die Küche und ich blieb noch eine Weile auf dem Sofa sitzen.

„Ich mache uns schon mal Frühstück", rief Dad aus der Küche," und dann gehe ich Mum wecken. Möchtest Du auch ein Frühstücksei, Junge?"

„Ja, gerne Dad", rief ich aus dem Wohnzimmer. Die Sonne war mittlerweile aufgegangen und wieder schien es ein warmer Tag zu werden, wie bereits in den vergangenen Wochen.

„Sag mal Junge. Am Freitag war doch diese Sache oben am Lake Berryessa, dieses Liebespaar das von diesem wahnsinnigen Zodiac angegriffen worden ist. Du warst doch in Napa und zu mir hast Du mal gesagt. dass, wenn Du in Napa wärst, Du jedes mal zum See fahren würdest, weil du es dort so schön findest und weil Ich, Grandpa und Du immer da geangelt haben. Hast Du nichts gesehen oder gehört, oder warst Du nicht am See?"

Gerade wollte ich antworten, als ein kurzes Stöhnen und ein schwerer, dumpfer Schlag mich hochfahren ließ. Dad war zu Boden gefallen und lag dort regungslos.

„Dad, hey Dad, was ist los?" Ich kniete mich neben ihn. Er war ganz blau im Gesicht und über seine Lippen kam nur ein leises röcheln

„Mum", schrie ich so laut wie ich konnte, „komm schnell runter. Dad ist zusammengebrochen und liegt in der Küche."

Am Mittag des nächsten Tages verstarb Dad im Krankenhaus.

Er hatte das Bewußtsein nicht mehr wiedererlangt und war einfach eingeschlafen.

Ein Schlaganfall, meinten die Ärzte.

Mutter und ich waren wie gelähmt.

Nun saßen wir an diesem unendlich traurigen Tag in der Küche und starrten unentwegt und sprachlos vor Schmerz auf die Stelle, wo Dad gelegen hatte.

Als nach schier endlosem Warten der Krankenwagen aus Vallejo am Farmhaus eingetroffen war und die Sanitäter Dad auf einer Trage zum Wagen brachten, da fühlte ich bereits, nein, ich wußte es, dass Vater nicht mehr nach Hause kommen würde.

Wie mir Mutter später erzählte, hatte sie das gleiche Gefühl gehabt.

„Junge, dass kann doch nicht sein, oder ist das bloß ein sehr böser Traum...? Ich..."

Tränen rannen über Mum`´s Wangen und sie konnte nur ganz leise sprechen.

Wie eine zerbrechlich wirkende Puppe saß sie neben mir auf einem Stuhl und ich hielt ihre schmale, kleine Hand.

Ich rang nach Worten und mir war so, als hätte mir jemand mit der bloßen Hand den Hals zugedrückt.

„Es ist kein Alptraum, Mum. Leider nicht. Es ist widerliche Wirklichkeit. Wir müssen jetzt trotz allem sehr stark sein. Für Dad und für uns beide."

Sie drückte ganz fest meine Hand, so, als wolle sie mich nicht mehr loslassen.

Vier Tage später wurden die sterblichen Überreste von Dad auf dem Angelplace Cemetery beigesetzt.

Als der Reverend uns und die wenigen Trauergäste, die gekommen waren, am Grab verabschiedete, wäre ich fast vor Wut explodiert. Als er mir die Hand reichte und sagte: "Die Gnade unseres Herrn Jesus

Christus sei mit Dir und gebe dir Frieden in deinem Schmerz, mein Sohn." Am liebsten hätte ich ihm geantwortet, *„Halt dein blödes Maul, du schwachsinniger Spinner. Nimm Dir deinen Gott und stecke ihn dir in den Arsch."*
„Danke Reverend, sehr nett von Ihnen", brachte ich noch gerade eben über die Lippen.

Hallo Frank, mein Lieber, einen schönen guten Morgen wünsche ich Dir. Ich habe da eine nette Arbeit für Dich, oben im Theaterviertel,Gurny Street.

Ein älteres Ehepaar braucht für heute einen Gärtner. Das übliche, Rasen mähen, Hecke schneiden, Unkraut ziehen, Pflanzen bewässern. Ihr eigener Gärtner ist krank und allein schaffen das die alten Leutchen nicht mehr. Da habe ich sofort an Dich gedacht. Du hast das doch schon öfters gemacht ?"

„Guten Morgen, Pete". Frank Lahoun war heute schon sehr früh zur Arbeitsvermittlungsstelle gekommen,

„Oh ja, mache ich gerne, sehr gerne sogar. Hört sich ja gut an. Dann gib mir mal den Namen und die genaue Adresse."

„Du hast aber noch Zeit, Frank. Die Leute erwarten Dich erst um zehn Uhr. Jetzt ist gerade mal sieben. Da mußt Du dir die Zeit noch etwas vertreiben".

„Kein Problem", antwortete Lahoun gleichmütig, „Dann werde ich mit dem Bus fahren und vorher noch etwas frühstücken. Da in der Nähe gibt es ein hübsches, kleines Cafe das dazu noch billig ist. Ich war schon oft dort."

„Na dann, Frank. Du alter Haudegen wirst das Kind schon schaukeln, wie ich Dich kenne. Dann bis nachher zur Abrechnung. Mach es gut, Kumpel."

Lahoun saß im Snack-Inn Cafe und aß genüßlich ein überbackenes Sandwich-Toast mit Käse und trank dazu einen köstlich duftenden Kaffee.
So, wie es jetzt ist, geht es mir doch eigentlich ganz gut. Wenn ich da andere sehe...
Der Mann haderte nicht mehr mit seinem Schicksal. Es hätte auch keinen Sinn gemacht.
Die Dinge des Lebens verlaufen nun einmal so wie sie eben geschehen. Entweder man hat Glück oder man hat keines. Für ihn waren es die kleinen Zufälligkeiten, die die Richtung des weiteren Lebens bestimmen. Und all die gemachten Erfahrungen in seinem bisherigen Leben hatten ihn nur in dieser Ansicht bestärkt.
Außerdem hatte er jetzt diesen Buddy kennengelernt. Ein netter und doch eigenartiger Typ. Aber irgendetwas war an diesem Mann, dass ihm gefiel. Er war so anders. Schon sein Aussehen. Er hatte was militärisches an sich.

Die stets gekämmten Haare; trotzdem er meist immer Arbeitskleidung trug, machte er einen sehr gepflegten Eindruck. Und dann dieser Blick in seinen Augen. Wie ein...

Oh Gott, ich muß los. Zwei Minuten vor zehn.

Lahoun sprang erschrocken auf und machte sich auf den Weg zu seiner heutigen Arbeitsstelle, die nur wenige Schritte vom Cafe entfernt lag.

Gegen vier Uhr am Nachmittag war Frank Lahoun mit allen Arbeiten fertig.

Sein gesamter Körper schmerzte höllisch von der nicht alltäglichen Arbeit und er war mehr als froh, dass es nun vorbei war. Dennoch war er sehr stolz.Trotz seines Alters hatte er wieder einmal mehr eine für ihn große Herausforderung gemeistert, und natürlich freute er sich auf die Bezahlung für seine Arbeit. Er ging gut gelaunt die Gurny Street hinunter um dann über die Knoxville Road zur Bushaltestelle zu gelangen. Hier wartete er dann geduldig auf den Bus. Noch zehn Minuten bis der Bus kommt, dachte er. Bis dahin kann ich mir noch gegenüber im Store einen Nussriegel kaufen.

Es sollten die letzten Sekunden seines Lebens werden.

Pete Stone war ein typischer kalifornischer Boy und Student: Groß, blonde Haare, blaue Augen eine sportliche Figur. Sein sonnengebräuntes Äusseres verlieh ihm dabei noch einen arroganten Eindruck. Doch das war er nicht. Der junge Mann war ein fleißiger, verantwortungsbewußter und einfühlsamer Mensch und jeder der ihn kannte vermochte dies zu bestätigen. Allein in Herzensange-legenheiten nahm es Pete nicht so genau.

So hatte er jetzt schon innerhalb von drei Monaten die vierte Freundin.Ein schlechtes Gewissen hatte er deshalb aber keinesfalls.

Getreu seiner Devise, dass im Leben alles so kommt, wie es kommen muß, genoß er sein Leben und billigte dies auch seinen Mitmenschen zu.

Pete war ein glänzender Student. Wirtschaftswissenschaften sollten es sein, überwiegend sein Vater hatte es sich so ausgedacht. Schließlich sollte er einmal den Familienbetrieb übernehmen. Zunächst war er wenig angetan von den Vorstellungen seines Vaters, doch nach reiflicher Überlegung glaubte er den richtigen Weg eingeschlagen zu haben.

Mit Wein konnte man eben viel Geld verdienen.

Das Studium machte ihm jetzt richtig Spaß.

Er war sogar einer der Jahrgangsbesten.

Im nächsten Jahr stand die Abschlußprüfung an. Dann hatte auch diese ständige Suche nach Aushilfsjobs ihr Ende. Aber das hatte er sich selber so ausgesucht. Den monatlichen Scheck der Eltern in nicht unbeträchtlicher Höhe hätte es ihm einfacher gemacht. Da er sich aber seine Selbstständigkeit bewahren wollte hatte er darauf verzichtet.

Die für heute letzte Vorlesung war schon früh zu Ende und für das anschließende Seminar war seine Anwesenheit nicht zwingend erforderlich.

Heute stand er mit seinem Taxi am Union Square, in unmittelbarer Nähe zum Parks Hotel.

„Pete, fahr mal zur Bakery Street, Nummer 938, eine Miss Gordon hat einen Wagen bestellt."

Die schnarrende Stimme aus dem Funkgerät schreckte den Angesprochenen hoch, der gerade in einer hochwissenschaftlichen Lektüre vertieft war.

„Hey Duke, alles klar. Wird gemacht.Bin schon unterwegs."

Damit legte er das Buch zur Seite, startete den Wagen und fuhr los.

Als Pete Stone mit seinem Wagen in die Knoxville Road einbog, war er so in Gedanken vertieft, dass er den älteren Mann, der unvermittelt und hastig die Straße betreten hatte, viel zu spät wahrnahm.

Das laute Quietschen der Bremsen vermochte den dumpfen Schlag und den Sturz des Mannes auf den schmutzigen Asphalt nicht zu verhindern.

„Der ist mir direkt in den Wagen gelaufen. Auf einmal war er da. Ich weiß nicht woher. Der muß zwischen den parkenden Wagen direkt auf die Straße gelaufen sein...“

„Okay, Mister Stone. Wir werden alles nochmals in Ruhe besprechen, wenn sich die Aufregung etwas gelegt hat.“ Officer Cleveland von der Metro Police sprach beruhigend auf Pete Stone ein.

„Was...Was ist mit dem Mann? Ist er schwerverletzt? Wo ist er?“

„Wir wissen noch nicht, wer er ist. Er hatte keinerlei Ausweispapiere bei sich. Leider muß ich ihnen mitteilen, dass der Mann seinen Verletzungen erlegen ist. Auf dem Weg ins Krankenhaus ist er verstorben. Tut mir Leid,Sir.“

Der Student sah den Officer fassungslos an.

„Tot? Wieso Tot?. Ich...Ich bin doch gar nicht so schnell gefahren. Das war doch fast Schritt-tempo... Er...“

„Der Mann muß unglücklich gestürzt sein. Er hatte eine stark blutende Schädelverletzung.

Dafür können Sie nichts. So wie es aussieht war es ein tragischer Zufall.“

„Oh mein Gott. Ich habe einen Menschen getötet. Was passiert jetzt mit mir?“

„Bei Verkehrsunfällen mit Todesfolge werden immer genaue Untersuchungen stattfinden. Ihr Taxi wird gerade von unseren Spezialisten untersucht. Am Unfallort selber ist die Beweisaufnahme abgeschlossen. Wir benötigen noch eine Blutprobe von ihnen zur Alkoholbestimmung.

Nach Abschluß der Ermittlungen werden Sie dann von uns hören. Sie können jetzt das Revier verlassen, Mister Stone.“

Die Zeit nach Dads Tod war schwer und bleiern. Ich hatte mir einige Wochen Urlaub genommen, damit Mum tagsüber nicht alleine im Farmhaus sein mußte.

Wie sich dann herausstellte, hatte Vater eine Lebensversicherung in Höhe von einhunderttausend Dollar abgeschlossen, von deren Existenz Mum nichts geahnt hatte.

So hatte Dad noch über seinen Tod hinaus dafür gesorgt, dass Mutter wenigstens finanziell keine Probleme hatte. Doch das vermochte den Schmerz und die Traurigkeit über den Verlust nicht zu mindern.

„Ach Junge", Mum und ich saßen in der Küche und waren am frühstücken. „ Ich weiß nicht ob ich das schaffe. Ich war fast mein ganzes Leben mit deinem Dad zusammen. Mit fünfzehn haben wir uns kennengelernt und jetzt ist..." Ihre Stimme versagte und sie weinte herzzerreissend.

„Wir beide werden das schaffen,Mum." Ich hielt ihre Hand. Sie nickte nur stumm und gab mir einen Kuß auf die Stirn.

„Danke Junge, Du bist ein wunderbarer Mann. Ohne Dich würde ich das nicht schaffen."

Das Leben ging weiter und ich hatte einige Aufgaben zu bewältigen.

Das Farmhaus mußte frisch gestrichen werden, dass Hausdach brauchte eine Reparatur und die Scheune benötigte eine neue Regenrinne.

Und es waren noch viele kleinere Dinge zu erledigen. Da kam mir eines Tages die Idee, warum nicht Frank Lahoun zu uns auf die Farm holen?

Er könnte uns hier helfen, alles in Ordnung zu halten. Wohnen würde er im Anbau, in der kleinen Zweizimmer Wohnung, die ich damals noch selber mit Grandpa ausgebaut hatte, falls einmal Gäste übernachten würden. Der Einfall erschien mir perfekt. Mum wäre dann auch nicht mehr so alleine, wenn ich arbeiten war.

Doch erst wollte ich mit Frank darüber sprechen. Mum sollte noch nichts von meiner Idee erfahren.

Zwei Tage später war ich wieder in Frisco.

Ich hatte Frank jetzt schon seit drei Wochen nicht mehr gesehen. So freute ich mich sehr ihn zu treffen und ihm von meinem Vorhaben zu erzählen.

Es war jetzt am frühen Abend und Frank hätte eigentlich zu Hause sein müssen, denn er hatte mich einmal wissen lassen, dass er nach sechs Uhr abends seine Unterkunft nicht mehr verlassen würde. So stand ich dann froh gelaunt vor seiner Wellblechhütte und klopfte an die mit Beulen übersäte Tür.

Plötzlich wurde mit einem Ruck die Einganstüre aufgerissen und ein grimmig dreinschauender, grobschlächtiger Typ starrte mich feindselig an.

„Was gibt`s Mister? Oder haben Sie sich in der Tür geirrt?" Mit einer heiseren Stimme bellte er mich an.

Ich war irritiert, aber vielleicht war es ja ein Kumpel von Frank der nur die Tür geöffnet hatte.

„Eigentlich wollte ich zu Frank Lahoun. Der wohnt doch hier. Ist er zufällig da? Ich müßte ihn sprechen, bin ein Freund aus Vallejo".

Der Kerl wurde etwas zugänglicher und freundlicher.

„Ach so, ein Freund von Frank. Tut mir leid Ihnen das sagen zu müssen, Mister. Frank ist vor drei Wochen bei einem Autounfall getötet worden. Er wurde von einem Taxi überfahren. Muß wohl selber daran Schuld gewesen sein.

Mehr kann ich ihnen leider nicht mitteilen. Man hat mir das erzählt, als die mir von der Stadt die Wohnung zuteilten. Tut mit leid, Mister."

Mir war so, als hätte man mich voll mit einem Vorschlaghammer vor den Kopf geschlagen. Ich konnte die letzten Worte des Mannes nicht mehr richtig aufnehmen und war wie versteinert. Frank tot? Wieso tot? Was heißt überfahren worden? Wieso, Weshalb?

Ich brachte nur noch ein murmelndes „Danke Mister" hervor und ging schweren Schrittes zurück zu meinem Wagen.

Ich blieb längere Zeit im Auto sitzen und starrte nur auf die kleine,schäbige Hütte, in der Frank mal gewohnt hatte.

Wie mit einem Schlag war alles wieder da, was seit Dads Tod weg gewesen schien.

Wut, Hass und eine unbeschreibliche Feindseligkeit tauchten aus meinem tiefsten Inneren empor.

Einerseits war mir, als hätte ich Frank Lahoun nie gekannt und im selben Moment erfüllte mich eine tiefe Traurigkeit über den Verlust eines besten Freundes.

Welcher kleine Versager hatte es sich gewagt, mir und Frank das an zu tun?

„Hallo Frank, Ich bin es. Sag mal, mein Freund, kannst du mir mal erzählen, was das soll? Das kann doch nicht wahr sein, oder?"

Ein armseliges kleines Holzkreuz mit dem Namen versehen, versuchte dem Grab von Frank Lahoun wenigstens etwas Würde zu verleihen.

Lange hatte es gedauert bis ich seine Grabstelle hier in San Francisco ausfindig machen konnte.

Ich legte meine mitgebrachten gelben Rosen auf das Grab.

„Eigentlich wollte ich Dich gefragt habe, ob...

Du kein Interesse hättest, zu uns ins Farmhaus nach Vallejo zu kommen? Du hättest dort wohnen können, kleine Jobs erledigen, Dich etwas um Mum kümmern; ach, das weißt Du ja noch gar nicht. Dad ist auch von uns gegangen. Sicher, er war schon 83 Jahre alt, aber...

Und jetzt auch Du. Das ist nicht fair. Das ist Dreck, purer Dreck. Ich ..."

Ich verstummte und setzt mich neben das Grab auf den Boden.

Lange Zeit blieb ich dort sitzen. Bis eine ältere Frau ans Nachbargrab trat und mich aus meinen Gedanken riß.

„Entschuldigung, junger Mann, dass ich Sie anspreche. Ihr Vater?" Sie sah mich mitfühlend an.

„Nein, Mam", entgegnete ich „ ein...alter Freund. Ein sehr lieber... wertvoller Mensch. Jemand der mir sehr fehlen wird. Wir hatten...Ich hatte Pläne mit ihm, von denen er noch nichts wußte. Schöne Pläne. Ein neues Leben, vielleicht, wenn es sich ergeben hätte. Alles hätte gut werden können und jetzt ist er tot. Wenn ich doch nur drei oder vier Wochen früher zu ihm gekommen wäre, dann könnte er vielleicht noch...Aber das ging ja nicht weil...Dad."

„Ja, wir haben alle etwas versäumt. Und im Angesicht des Todes mit seiner Endgültigkeit wiegt so etwas noch schwerer. Aber man darf sich deshalb nicht selber quälen. Ihr Freund würde es ganz sicher verstehen".

„Wer liegt dort im Grab, wenn ich fragen darf"?

„Hier, hier liegt mein Enkelsohn, Randy. Er war gerade siebzehn als er starb. Das ist nun schon sechs Jahre her. Er...Er wurde ermordet. Auf dem Weg zur Schule. Man hat den Täter bis heute nicht erwischt. Sagen sie, junger Mann, können Sie mir sagen was für ein Mensch das gewesen ist, der so ein blühendes Leben ausgelöscht hat? Ich verstehe das bis heute nicht. Und von Gott bekomme ich auch keine Antwort."

„Das tut mir leid, Mam. Aber wenn so etwas geschieht, ist Gott weder bei dem einen noch bei dem anderen. Oder etwa nicht?"

Die alte Dame sah mich verdutzt an, murmelte ein „Auf Wiedersehen" und ging ihres Weges.

Ich ging auch langsam zurück zum Wagen. Doch plötzlich hielt ich inne und schritt noch mal zurück zum Grab.

„Ich weiß das Du nicht damit einverstanden wärst. Aber dieses Schwein, dass Dich auf dem Gewissen hat, wird dafür bezahlen:

Das verspreche ich dir, als dein Freund."

Detective O´Leary rauchte eine Zigarette nach der anderen. Den Büroraum, den er sich mit Art Jefferson teilte, war mit wabernden Rauchschwaden durchzogen, die auch noch über- und untereinander lagen.

„Eine handvoll Verdächtige, vage Verdächtige, aber nicht ein einziger konkreter Hinweis. Bei der Beweislage wird uns der Staatsanwalt noch nichtmals einen Durchsuchungsbefehl ausstellen, geschweige denn einen Haftbefehl.

„Hier." Er zeigte auf eines der Fotos der vermeintlichen Täter, die auf dem Schreibtisch verteilt lagen," Carl Arthur Miller, wohnt in Vallejo, vorbestraft wegen Belästigung von Liebespaaren. Er ist korpulent, dunkle Haare, Bürstenschnitt, fährt einen alten Chevy, hat aber wasserdichte Alibis für die verschiedenen Tatzeiten."

Joe Chestnut Connolly. Fährt einen weißen Chevy mit alten kalifornischen Nummernschildern. Er hat aber für mindestens einen der Morde, den am Blue Rock Springs, ein hieb- und stichfestes Alibi."

Jefferson sah seinen Freund und Kollegen mit leicht geröteten Augen an. Sein Gesicht war blass und er sah müde aus.

„Ja, lieber Jake, alles richtig, ich weiß!"
Aber uns bleibt nichts anders übrig als so weiter zu machen wie bisher. Und wenn wir eben noch mal von vorne anfangen müssen. Wir müssen uns jedes Detail immer wieder ansehen, irgendwo wird uns dann etwas auffallen. Anders geht es nicht. Laß uns auch nochmals zu den einzelnen Tatorten fahren: Vielleicht wurde irgendetwas übersehen.Irgendetwas".

Doch nichts hatte Erfolg. Nach zwei Wochen intensivster Arbeit stellten die beiden Detectives fest, dass keine neuen Erkenntnisse zu Tage gebracht werden konnten.
Als Jefferson spät am Abend nach Haus kam, war seine Frau July, die die ganze Zeit auf ihn gewartet hatte, auf dem Sofa eingeschlafen.
„Hallo Liebes", Er gab ihr zur Begrüßung einen zärtlichen Kuß auf ihre Stirn und setzte sich zu ihr.
„Art, Schatz", Sie reckte und streckte sich wohlig und setzte sich auf. „So geht das doch nicht weiter. Du siehst furchtbar müde und abgespannt aus. Du gehst morgens um sieben Uhr aus dem Haus und kommst erst gegen

Mitternacht zurück. Ich mache mir ernste Sorgen um Dich. Wo soll das denn noch enden?

Weißt Du überhaupt noch wie dein Sohn aussieht, oder was er den ganzen Tag macht?" Jefferson sah seine Frau hilfesuchend an.

„Ach July, es werden auch wieder andere Zeiten kommen, bessere Zeiten.

Dieser verfluchte Zodiac-Fall erfordert mehr als nur Einsatz. Wir haben so gut wie nichts in der Hand. Nur vage Vermutungen, keine richtigen Beweise, nicht einmal Indizien. Und der Kerl macht ungeniert weiter. Er verhöhnt uns in seinen Briefen, er führt uns vor. Wenn wir ihn nicht bald erwischen, könnte es im Chaos enden."

„In der Küche ist noch Kaffee. Hast Du was anständiges gegessen? Ich bereite Dir sonst noch etwas zu". Die attraktive Frau mit ihren langen schwarzen Haaren und den himmelblauen Augen blickte ihren Mann verständnisvoll an.

Oh Ja, mir ist jetzt nach Kaffee. Möchtest Du auch? Ich hole uns zwei Tassen."

„Was wisst ihr denn bisher über diesen grauenvollen Kerl, Art?"

Jefferson erzählte ihr ausführlich den aktuellen Stand der Ermittlungsarbeiten.

„Tja, dass ist alles.Mehr wissen wir nicht."

„Oh mein Gott, dass ist wirklich nicht sehr viel. Aber manche Dinge brauchen eben viel Zeit. In deinem Job hast Du doch schon so vieles erlebt. Du weißt doch wie es läuft.

Aber jetzt ist Schluß, Detective Jefferson. Komm, lass uns zu Bett gehen."

Die kleine und unauffällige Randnotiz des San Fancisco Herald lautete

Heute gegen 15.00 Uhr wurde auf der vielbefahrenen Knoxville Road ein offenbar obdachloser älterer Mann von einem Taxi angefahren und dabei tödlich verletzt. Wie die polizeilichen Untersuchungen ergaben, hat der Mann, ohne auf den Verkehr zu achten, die Straße betreten und ist dann von dem Fahrzeug erfasst worden. Dem jungen Fahrer konnte kein Fehlverhalten nachgewiesen werden.

So so, hat er das getan? Er ist einfach, mir nichts, dir nichts, auf die Straße getreten und irgendein dahergelaufener Taugenichts hat ihn dann mit seiner Dreckskarre umgebracht.
Eine wahnsinnige Wut hatte mich erfasst, als ich die wenigen nüchternen Zeilen über Frank´s Unfalltod in der Zeitung gelesen hatte, die ich schließlich in einem Archiv der Staatsbibliothek gefunden hatte.
Dieser Dreckskerl sollte nicht ungeschoren davon kommen. Das wirst du mir büßen, dass verspreche ich dir.

Einige Tage später war ich wieder in Frisco.

Ich stand jetzt an der Straße, die Frank zum Verhängnis geworden war.

Um die nächste Ecke herum standen einige Taxen. Ich begab mich zu einem der wartenden Wagen und stieg ein.

„Zur Royal Street, bitte", sagte ich zu dem Fahrer, einem älteren, auffallend hageren Mann.

„Natürlich Sir, sofort." Er startete den Motor und fuhr los.

So bog er in die Knoxville Road ein und ich konnte die Initiative ergreifen.

„Hier ist doch vor einiger Zeit ein Mann überfahren worden, von einem Taxi. dass muß ja schlimm für sie als Fahrer sein, wenn so etwas passiert".

„Oh ja Mister, dass können Sie wohl meinen. Zum Glück ist mir so etwas in meiner gesamten Zeit als Taxifahrer noch nicht passiert. Und ich fahre schon seit 26 Jahren hier in Frisco Taxi.

Aber so wie der gute Pete es erzählt hat, muß der blöde Penner selber Schuld gewesen sein.

Ist wohl einfach ohne nach Rechts oder Links zu schauen auf die Straße gelaufen. Tja, Pech für ihn."

Pete, so heißt das Schwein also. Na wenigstens etwas, danke für den Tipp, du Bohnenstange. Kannst froh sein, dass wir hier nicht alleine sind. Sonst hättest du schon drei Kugeln in deinem Kopf, dermaßen abfällig über einen Freund zu sprechen.

So aber ließ ich mir nichts anmerken, stieg in der Royal Street aus und ging zu meinem dort geparkten Wagen.

Schnell hatte ich heraus gefunden, wer dieser Pete war.

Der junge, schöne Pete Stone.

Schwer war es nicht gewesen diesen Drecksack ausfindig zu machen.

Als ich mir mehrmals verschiedene Taxen genommen hatte, war beim vierten Mal ein Volltreffer dabei. Als ich dann den Namen auf der Fahrerlizens am Armaturenbrett las, da hätte ich ihn schon an Ort und Stelle töten können. Aber er sollte genauso kalt erwischt werden, wie er es mit Frank gemacht hatte.

Es war ein kühler und nebliger Oktoberabend, wie er so typisch für San Franzisco sein sollte.

Ich stieg hinten in das Taxi von Pete Stone ein, den Kragen meiner Jacke ganz hochgeschlagen, die schwarze Brille ohne Gläser auf der Nase und eine Baseballkappe auf dem Kopf.

„Cromwell Road", sagte ich kurz angebunden.

„So soll es sein, Mister", entgegnete er und fuhr los.

Unterwegs versuchte er mit mir krampfhaft ins Gespräch zu kommen, doch ich ließ ihn spüren, dass ich kein Interesse an Small Talk hatte.

Da hörte er auf mit seinen dummen Sprüchen, die er auch noch für überaus witzig hielt.

Es war jetzt gegen 22.00 Uhr und es hatte angefangen leicht zu regnen.

Neben mir auf dem Sitz lag im Zwielicht der Browning, geduldig und stumm auf seinen Einsatz wartend.

Nach etwa fünfzehn Minuten Fahrt hatten wir die Cromwell Road erreicht, die in einer ruhigen Wohngegend in unmittelbarer Nähe zum Logan-Park lag.

„Halten Sie da vorne an den Stufen die zum Park führen."

„Wird gemacht, Mister."

Er hielt mit seinem Taxi an, sah auf den Taxameter und meinte, „Das macht sechs Dollar achtzig."

„Du wirst kein Geld mehr brauchen, denn da wo Du jetzt hingehst, wird Dir das nichts mehr nutzen". Kaum war das letzte Wort von mir gesprochen hatte ich schon den Revolver hinter sein rechtes Ohr gehalten und sofort abgedrückt. Er gab nur einen leisen Ton von sich und sackte sofort zusammen. Scheinbar hatte ich ihn in einem ungünstigen Winkel erwischt, denn das Blut spritzte nach allen Seiten, besudelte den Revolver mit samt dem Schalldämpfer und spritzte noch auf meine Kleidung.

Ich stieg aus, setzte mich nach vorne auf den Beifahrersitz und schnitt ihm mit dem Bowiemesser ein Stück seines Hemdes ab.

Dies würde ich später den Polypen zukommen lassen; schließlich sollte es ja wie ein klassischer Zodiac Mord aussehen.

Dann stieg ich ruhig aus, bohrte die Hände in meine Regenjacke und ging die Stufen hinauf zum Logan Park. Von dort wollte ich zur Parker Street, wo ich meinen Chevy geparkt hatte.

Ich drehte mich um, doch die Cromwell Road war noch menschenleer. Niemand schien etwas mitbekommen zu haben, obwohl das Scheinwerferlicht vom Taxi brannte und die rechte Türe offen stand. Ich kümmerte mich nicht weiter darum.

Aber nach nur wenigen Minuten, ich hatte gerade den leeren Park durchquert, hörte ich mehrere laute Sirenen. Sie waren da.

Als ich dann in die Parker Street einbog, kam plötzlich ein Polizeiwagen mit eingeschaltetem Suchscheinwerfer die Straße hinunter und steuerte direkt auf mich zu.

Der Wagen fuhr langsam neben mir her. Einer der Polizisten kurbelte die Scheibe herunter.

„Hallo Sir, haben Sie vielleicht in den letzten Minuten einen Afroamerikaner gesehen, der sich verdächtig verhalten hat?"

„Ja ja, Officer. Gerade eben. Der ist wie ein Irrer an mir vorbei gelaufen und dann in die Bonet Street. Ich meinte auch eine Waffe bei ihm gesehen zu haben. Ich wollte sie schon angerufen haben. Was ist denn passiert?"

„Raubmord an einem Taxifahrer. Danke für die Auskunft ‚Sir."

Meinen Browning ließ ich los. Sofort hätte ich

auch diese beiden erschossen.

Was waren das denn für Vollidioten gewesen?
Wer hat mich für einen dunkelhäutigen Mann
gehalten? Vielleicht ein Augenzeuge an
irgendeinem Fenster. Aber sie würden recht
bald erfahren, wer dort seinen Job erledigt
hatte.

Hier spricht der Zodiac.

Ich habe gestern Nacht den Taxifahrer in der Cromwell Road getötet. Als Beweis lege ich ein blutbeflecktes Stück seines Hemdes bei.

Ich bin der der auch die Leute in der North Bay Area umgebracht hat.

Die Polizei von San Franzisko hätte mich gestern erwischen können, wenn sie den Park ordentlich durchkämmt hätten, anstatt ein Motorradrennen zu veranstalten, bei dem es offenbar darum ging, wer mit seiner Maschine den meisten Krach machen kann.

Die Polizisten hätten lieber in ihren Wagen sitzen bleiben und darauf warten sollen, dass ich aus der Deckung hervorkomme.

Schulkinder wären übrigens auch ganz nette Ziele, ich glaube, ich werde demnächst einmal einen ganzen Schulbus auslöschen.

Ich schieße einfach auf einen Vorderreifen und nehme dann die Kleinen einen nach dem anderen aufs Korn, wenn sie aus dem Bus gelaufen kommen.

„Er scheint seinen Aktionsradius tatsächlich auszuweiten. Jetzt agiert er schon in Frisco.

Er wird frecher und selbstbewußter. Er will uns zeigen, dass er überall und zu jeder Zeit zuschlagen kann. Und die Drohung mit dem Schulbus ist auf jeden Fall ernst zu nehmen.

Stellen Sie sich mal vor was für ein Chaos ausbrechen würde, wenn er seine Drohung wahr macht?"

Jefferson sah seinen Freund O´Leary und den anwesenden Polizeichef des SFPD besorgt an.

Sie saßen im Büro des Chief, der die beiden Detectives aus Vallejo sofort informiert hatte, als feststand,dass der Fetzen Stoff von Stone´s Hemd stammte und der beigefügte Brief von dem unbekannten Killer verfasst worden war.

Da täglich eine Unzahl an angeblichen Bekennerbriefen des Zodiac bei den Zeitungen eingingen, mußten diese natürlich erst kriminaltechnisch untersucht werden ob sie echt oder gefälscht waren.

Was den Fall auch nicht hoffnungsvoller erschienen ließ, war die Täterbeschreibung der Streifenpolizisten, die eine unfreiwillige Begegnung mit dem echten Zodiac hatten.

Sie beschrieben einen älteren Mann, um die

45 Jahre alt, 180 groß, rötliche Haare, schien etwas korpulent zu sein, könnte aber auch durch die Kleidung,die er trug, so gewirkt haben. Er trug keine Brille.

Noch am selben Tag wurde das Bekennerschreiben des Zodiac in allen größeren Zeitungen der North Area veröffentlicht und die Öffentlichkeit zu verstärkter Aufmerksamkeit aufgerufen.

„Weißt du was, Art?", sagte O´Leary einmal zu seinem Freund, „Dieser Fall, wie immer er auch ausgehen mag, wird mich Jahre meines Lebens kosten."

„Ja, ich weiß", entgegnete Jefferson, " Aber irgendwann werden wir den verdammten Mistkerl schnappen. Zu Ende wird es erst richtig sein, wenn er in der Gaskammer von San Quentin[6] sitzen wird. Aber das wird er."

---

6   San Quentin: großes Staatsgefängnis in Kalifornien

Die Regentropfen prasselten auf das Dach des alten Polizeiwagen.

Im Inneren des Autos hätte man meinen können, jemand würde mit einer Maschinenpistole ununterbrochen schießen.

Nur ein Schauer, ist gleich vorbei. Officer Ben Powell von der Staatspolizei sah durch die Scheibe zum wolkenverhangenen Himmel, so, als könne er damit das Getöse abstellen.

Er stand mit seinem Fahrzeug an der Route 101, am Ortsausgang von San Rafael, gut versteckt hinter einem großen Buschwerk, so dass er von der Straße nicht gesehen werden konnte. Der Beamte konnte allerdings sehr gut die Geschehnisse auf der Route beobachten.

Gegenüber von seinem Standort war die Zufahrt zu einem großen Parkplatz, von dem aus zahlreiche Wanderwege in die nähere Umgebung führten.

Es war jetzt gegen vier Uhr am Nachmittag und der Autoverkehr wurde immer dichter.

Viele Pendler die in San Franzisco arbeiteten, hatten jetzt Feierabend und fuhren nach Hause.

Noch eine Stunde, dachte Powell, dann habe ich auch endlich Feierabend für heute.

Jetzt stehe ich schon seit drei Stunden auf ein

und dem selben Fleck, doch nichts hat sich bisher ereignet. Alle halten sich schön an die Verkehrsregeln.

Erleichtert stellte der ältere, dickliche Beamte fest, dass es aufgehört hatte zu regnen.

Er zündete sich eine Zigarette an, kurbelte die Seitenscheibe seines Wagens herunter und sog kräftig die vom Regen frisch gewaschene Luft in seine Lungen.

Powell sah, wie ein schwarzer Buick an der Einmündung zum Parkplatz hielt, verkehrsbedingt mußte er Vorfahrt gewähren.

Der Fahrer war ein junger Bursche und neben ihm saß ein ebenso junges Mädchen.

„Na dann, viel Spaß ihr beiden." Powell grinste vergnüglich und lehnte sich bequem zurück.

Einige Sekunden später beobachtete er, wie auch ein weißer, älterer Chevy in die Einfahrt zum Parkplatz abbog.

Sofort schrillten alle Alarmglocken bei ihm und er merkte, wie er eine Gänsehaut am ganzen Körper bekam.

Ein junges Pärchen allein in einem Auto, kurz danach ein weißer Chevy...Das ist doch nicht...Nein, oder doch? Der Zodiac?!

Ohne mit der Zentrale zu sprechen startete er

den Wagen und fuhr rüber zum Parkplatz.

Gerade noch konnte er sehen, wie der Wagen vor einer Biegung abbremste und stehen blieb.

Der Officer hielt seinen Wagen auch an, stellte ihn am Rand der schmalen Waldstraße die zum Parkplatz führte ab und schlich sich im Schutz der Bäume an den weißen Chevy heran, der in etwa fünfzig Yard Entfernung stand.

Als er nur noch wenige Schritte entfernt war, wurde die Autotüre aufgerissen und ein Mann stieg hastig aus und starrte dann regungslos in Richtung der jungen Leute. Powell zog vorsichtig seine Dienstwaffe und entsicherte sie. Jetzt setzte sich der Mann in Bewegung und ging schnellen Schrittes in Richtung Parkplatz auf dem einsam und verlassen der schwarze Buick der jungen Leute stand.

Powell sprang nun aus seiner Deckung hervor, stürzte auf den Mann zu und schrie „ Polizei, stehen bleiben, Mister. Hände hoch und hinter dem Kopf verschränken und keine falsche Bewegung oder ich knall Dich wie einen räudigen Straßenköter ab."

Der Angesprochene blieb wie angewurzelt stehen und tat, wie ihm befohlen wurde.

Das ist der Zodiac, so dachte Sergeant Powell.

Natürlich ist er das!

Die Beschreibung paßt: Der Kerl vor mir ist groß, stämmig und hat dunkle Kleidung an... aber dafür schlohweißes Haar...Eine Perücke, na klar... Und dann der Wagen... Ein weißer Chevy. Was will man mehr?

Der Officer war sich seiner Sache absolut sicher. In kurzen Gedankenfetzen sah er sich schon als hochdekorierten Chief des Policedepartment. *Ich, allein und einsam, habe den meistgesuchten Serienkiller der USA, mir nichts, dir nichts, mal so eben im Vorbeigehen festgenommen. Ganze Heerscharen von Polizisten sind hinter dem Kerl her, doch dem kleinen Powell gelingt es, den Killer zu verhaften.*

Er ging auf den Mann zu, seine Hand mit der Waffe begann leicht zu zittern. Schweißtropfen bildeten sich unter seinem Hut auf seiner Stirn.

„Schön ruhig bleiben, Mister. Und lassen Sie die Hände da, wo sie sind."

Blitzschnell legte er dem Unbekannten Handschellen an und drehte ihn zu sich herum.

„Officer, hören Sie. Mein Name ist Walter Davidson, mein Personalausweis steckt hier rechts in meiner Jackentasche. Ich wohne in

San Rafael. Was immer sie jetzt denken, wer oder was ich bin: Es ist nicht das, was Sie glauben. Dort im Wagen," Er deutete mit dem Kopf zu dem schwarzen Buick, „dass...ist meine Tochter Francis, mit diesem unverschämten Kerl, Richard. Das arme Ding ist doch erst sechzehn und der ist schon zwanzig. Ich habe ihr schon mehr als einmal verboten mit dem Typen auszugehen, aber sie hört einfach nicht. Sie..."

Powell unterbrach den Redeschwall des aufgebrachten Mannes.

„Jetzt kommen Sie mal zur Ruhe, Mister..Davidson. Wenn dem so ist, wie Sie sagen, wird sich alles sehr rasch aufklären und sie bekommen keine Schwierigkeiten."

Powells Traum von einer steilen Karriere zerplatzte nach Überprüfung der Situation wie eine Seifenblase. Wie sich herausstellte, hatte der besorgte Vater die Wahrheit gesagt. Dennoch wurde ein Protokoll angefertigt und eine Kopie zur Akte über den Zodiac gelegt.

Doreen Mulligan war nicht nur eine bildhübsche junge Frau, sondern auch noch sehr intelligent. Nicht nur, dass sie als angehende Physikerin an der San Franzisko University studierte, hatte sie sogar schon aufgrund ihrer hervorragenden Leistungen ein ganzes Semester überspringen können.

Wie ihre Freunde immer sagten, würde ihre Schlauheit nur noch durch ihre äußere Schönheit übertroffen werden.

Sie war zwanzig Jahre jung, 1,75 groß, hatte eine schlanke, makellose Figur, blaue Augen und lange, bis auf den Rücken reichende, schwarze, lockige Haare.

Doch an diesem ungewöhnlich warmen Oktobernachmittag wollte sie nur für sich sein und nach der letzten Vorlesung auch niemanden mehr sehen. Selbst ihrem Freund Tom hatte sie für heute abgesagt.

Sie freute sich einfach darauf, allein zur Sunset Lagoon bei Sausalito zu fahren und die einmalige Schönheit dieses Ortes zu genießen. Hier fuhr sie fast jeden Freitag hin, um wieder Kraft zu tanken und den Kopf frei zu bekommen.

Dieser wunderschöne Fleck Erde muß von

Gott höchstpersönlich geschaffen worden sein, dachte die junge Studentin stets, wenn sie zur Lagune unterwegs war.

Mit ihrem alten braunen Studebaker fuhr sie das kurze Stück von Sausalito hinaus über die Küstenstraße und hatte schon nach wenigen Minuten Fahrtzeit ihr Ziel erreicht.

Um diese Zeit war hier noch nicht sehr viel los. Manchmal kam es vor, dass man ganz alleine war und für eine lange Zeit keinen Menschen zu Gesicht bekam.

Doreen parkte ihren Wagen auf einem Seitenstreifen der Küstenstraße und ging dann einen sanften Abhang hinunter, der zur Lagune führte.

Die Lagune wurde durch einen breiten Sandstreifen vom Meer abgegrenzt, der mit einigen hohen Palmen versetzt war. Der Sand hier war fast schneeweiß und das Wasser der Lagune schimmerte in einer hellblauen Farbe.

Doreen setzte sich unter eine der Palmen und sah sehnsuchtsvoll auf das Wasser, dass in kleinen Wellen auf den Strand traf.

Draußen auf dem Meer fuhren ein paar Wasserski Boote, ansonsten war alles ruhig.

Die Woche war wieder hart gewesen für Doreen.

Vorlesungen, Seminare und ihr kleiner Aushilfsjob in einem Schnellimbiss forderten viel Kraft.

Die junge Studentin merkte, wie sie schläfrig wurde und lehnte sich an die Palme.

Das plätschern der Wellen, die warmen Sonnenstrahlen und das monotone Geschrei der Seemöwen ließen ihre Augen immer schwerer werden und sie verspürte ein wohliges,friedliches Gefühl.

Schließlich schlief sie ein.

„Wach werden, mein süßes Täubchen."

Eine leise, zischende Männerstimme weckte Doreen Mulligan aus ihrem Schlaf.

Sie öffnete blinzelnd die Augen und das letzte was sie sah, ließ ihr einen eiskalten Schauer über den Rücken laufen.

„Dreiundzwanzig Messerstiche in Kopf, Brust und Intimbereich. Womöglich mit einem Jagd- oder Bowiemesser zugefügt. Breite rund fünf Zentimeter, Länge etwa dreissig Zentimeter. Zusätzlich wurde ihre Kehle von links nach rechts durchtrennt, mit einem einzigen Schnitt, bis zu den Halswirbeln. Er hat sie also fast enthauptet. Der Täter muß bärenstark gewesen sein und die Kleine hatte nicht die Spur einer Chance. Er muß sie von vorne angegriffen haben. Nach ersten Untersuchungen wurde sie nicht sexuell mißbraucht. Genaueres wie immer dann nach der Autopsie. Meine Herren „.

Dr. Jean Moreno, Rechtsmediziner und Coroner für den District of San Francisko sah die anwesenden Polizisten auf seine bekannte ausdruckslose Art an. Wer den Arzt aber kannte, der wußte, dass dies nur seine Art war, mit unfaßbar grausamen Dingen umzugehen.

„Ach, noch eines: Wenn Sie sich die Leiche der Armen genau ansehen, so könnte man in der Anordnung der Stiche ein großes „Z" deuten. Nach meiner Ansicht ist dies kein Zufall, sondern gewollt. Aber auch das wird natürlich alles im Abschlußbericht stehen".

Nach drei Tagen hatte Art Jefferson den Mordfall Doreen Mulligan auf seinem Schreibtisch in Vallejo liegen. Nach den vorliegenden Erkenntnissen und Auswertung der Spuren war man sicher, dass der Zodiac hier zugeschlagen hatte.

Nach einem entsprechenden Aufruf der Polizei hatten sich vier voneinander unabhängige Augenzeugen gemeldet, die gesehen hatten, wie ein weißer Chevrolet direkt neben dem Wagen der Studentin an der Küstenstraße geparkt hatte.

Einer der Zeugen hatte auch für einen kurzen Augenblick einen Mann beobachten können, der sich bei den Fahrzeugen aufgehalten hatte. Nach der Zeugenbeschreibung mußte es sich um den Zodiac gehalten haben: Groß, korpulent, dunkle bis bräunliche Haare, dunkle Kleidung, dunkle Brille.

Jefferson sah sich eines der Fotos an, auf dem deutlich zu sehen war, dass der Mörder tatsächlich den Versuch unternommen hatte, auf der Leiche durch Messerstiche ein großes *Z* zu hinterlassen.

Detective O´Leary sah durch das Fenster hinaus auf den Hinterhof des Vallejo Police Department.

Er blickte auf seinen dort geparkten Wagen, einen schwarzen Pontiac, den er sich vor einiger Zeit neu gekauft hatte. Neben seinem Wagen stand das Auto von Jefferson, ein gelber Chrysler. *Art, sage ich dir, mein Wagen gefällt mir besser als deiner,* dachte er.

Mit einem Seufzer drehte er sich wieder zu seinem Schreibtisch um, auf dem eine Menge unerledigter Arbeit lag.

Es war ein freundlicher, warmer Apriltag gewesen und der Ermittler sehnte den Feierabend herbei. Aber ob das klappen würde, war wieder ungewiss. Schließlich warteten noch zwei ungeklärte Mordfälle und ein versuchtes Tötungsdelikt auf Ergebnisse.

Gerade wollte er sich eine Zigarette anzünden, als das Telefon klingelte.

Am anderen Ende der Leitung war Cole Jennings, Chefredakteur beim San Franzisko Herald, den O´Leary auch privat kannte. Im Laufe der letzten Jahre hatte sich eine Freundschaft zwischen den Männern gebildet.

„Hallo Jake, hier ist Cole, wie geht es mein

Freund? Gut das ich Dich noch antreffe. Ich glaube mich trifft bald jede Sekunde der Schlag. Weißt Du was ich auf dem Schreibtisch vor mir liegen habe? Druckfrisch, sozusagen.

Da kommst Du so schnell nicht drauf, wetten?"

Die ansonsten sonore Stimme seines Freundes Cole hatte einen leichten hysterischen Unterton.

„Hey Cole," entgegnete O´Leary, „Laß mich raten. Du hast eine persönlche Einladung vom Gouverneur zu seinem nächsten Geburtstag erhalten."

Sein gegenüber am Telefon schnaufte hörbar.

„Nein, viel besser, unser Freund hat sich wieder gemeldet, Zodiac, er hat wieder einen Brief geschickt. Nach vier Jahren, was sagst Du dazu?"

Das Gesicht des Detective hatte sich verfinstert.

„Ich komme mit Art vorbei. Wir sind schon da."

Ich bin wieder bei euch. War nie weg. War immer hier...

Man wird einen guten Film über mich drehen. Wer wird mich darstellen?

Ich habe jetzt alles unter Kontrolle

Jefferson las die gewohnt düsteren Zeilen des neuen Briefes.

„Und wo war das Schwein jetzt die letzten vier Jahre, seit seinem letzten Brief?"

Im Knast, im Irrenhaus oder hatte er einfach nur Angst und will uns jetzt noch einmal so richtig einheizen?

Er will uns zeigen, dass er gewonnen hat und er will uns sagen, dass wir unfähige Polypen sind, die nichts auf die Reihe bekommen haben".

Der Polizist war vor lauter Wut puterrot angelaufen und schnaubte wie ein Bulle bei einem Rodeo.

„Aber ja, eigentlich hat er recht. In all den Jahren sind wir ihm keinen Schritt näher gekommen. Nicht einen einzigen."

Ich ging über eine kleine, asphaltierte Straße,

die mir vollkommen unbekannt war.

Rechts und Links dieser Straße befand sich eine wunderbar grüne Wiese mit vielen schönen bunten Blumen darauf.

Es war ein warmer, freundlicher Sommertag und am ansonsten blauen Himmel zogen einige weiße Wolken vorüber.

Auf einmal sah ich, wie sich eine dieser Wolken zu einem Ring formte.

Am Rand dieses Kreises erschienen plötzlich die Gesichter von Mum und Dad; sie lächelten liebevoll zu mir herab und winkten mir zu.

„Grandpa, Hallo Grandpa. Oh, tut mir leid, dass ich Dich geweckt habe. Vielmals Sorry, liebster Grandpa auf dieser Welt."

Carry stand vor meinem Schaukelstuhl und lächelte mich an.

„Hast Du etwas schönes geträumt?"

Ich richtete mich ächzend auf.

„Ja, ich muß kurz eingenickt sein. Habe Dich gar nicht kommen hören. Dabei macht dein Wagen doch ziemlich laute Geräusche.

Wie geht es dir, mein Kind?"

Sie beugte sich zu mir herab, gab mir einen Kuß auf die Stirn und setzte sich neben mich auf die alte Holzbank, die ich damals mit Grandpa Walt gebaut hatte.

„Schön Dich zu sehen, Grandpa. Ach es geht mir ganz gut. Das Studium wird immer schwerer. Viel Stoff zum lernen. Viele Grüße von Mum. Sie gibt Dir und Granny einen dicken Kuß. Sie will euch heute am Abend auch noch anrufen."

Die Tochter meiner Tochter sah mich mit ihren tiefgründigen grün grauen Augen an.

Ihr schulterlanges braunes Haar hatte sie locker herunterhängen und mit ihren zwanzig Jahren wirkte sie eher wie ein Teenager.

Die Haustüre ging auf und Elisabeth betrat die geräumige Veranda des Farmhaus.

„Hallo Granny, wie schön Dich zu sehen."

Mit einer herzlichen Umarmung begrüßte Carry meine Frau.

„Hallo, mein liebes Kind. Schön das Du uns mal wieder besuchst. Wie geht es Dir? Was macht die Uni?" Elisabeth setzte sich zu uns.

„Alles soweit in Ordnung, Grandma.

David und ich wollen über das Wochenende zum Lake Berryessa hoch. Die Eltern von ihm haben dort ein traumhaft schönes Wochenendhaus, direkt am See. Da sind wir mal endlich für uns ganz alleine und können so richtig abschalten. Ist das nicht schön?"

Carry strahlte über das ganze Gesicht.

„Das ist ja bezaubernd, mein Kind."

„Ja und das Beste ist, dass wir uns verloben wollen. Klingt in der heutigen Zeit vielleicht etwas altmodisch, aber ich finde es total romantisch".

„Ist dieser David denn auch der Richtige für so etwas?" Elisabeth sah ihre Enkelin prüfend an.

„Och Granny, du bist so süß. Ich glaube schon das er der Richtige ist. Wir wollen ja nicht gleich heiraten. Aber ich liebe ihn über alles."

„Na, dann ist ja alles okay", bemerkte ich," aber ich möchte Dir noch etwas sagen.

Als ich vor 38 Jahren das Glück hatte, deine Grandma kennenlernen zu dürfen, da wußte ich schon nach kurzer Zeit, dass das die Frau meines Lebens sein wird.

Und wenn sie nicht bei mir geblieben wäre, wer weiß was aus mir geworden wäre?

Denn... das war zu einer Zeit...als es mir nicht so gut ging. Hauptsächlich seelisch hatte ich...große Probleme.

Ohne ihre Hilfe und Unterstützung hätte ich nie zwei Autowerkstätten eröffnen können. Erst deine Granny hat mich zu dem gemacht, dass ich jetzt bin. Sie hat mich sozusagen vor dem sicheren Ende bewahrt." Ich nahm die Hand von Elisabeth und hielt sie ganz fest in der meinen.

„Dein Grandpa übertreibt. Ja, natürlich, er war damals etwas...sagen wir mal wild und rauh.

Aber mit der Zeit wurde er zum einfühlsamsten und liebsten Mann auf der ganzen Welt.

Ohne ihn..." Sie sah mich mit ihren wundervollen treuen und liebevollen Augen an und eine Träne rann über ihre Wange.

„Kind, Du möchtest doch bestimmt etwas von deinem Grandpa, oder?" Ich sah Carry fragend an und wußte schon was kommen würde.

„Oh ja, könntest Du vielleicht mal nach meinem Wagen sehen? Beim Fahren rumpelt er schon mal etwas. So ganz leicht, besonders wenn ich Gas gebe."

Schnell hatte ich den Fehler gefunden. Es war nur ein elektrisches Kabel, dass sich etwas gelockert hatte.

„Alles unter Kontrolle, liebe Carry, alles unter Kontrolle. Es war nur eine Kleinigkeit. Ein Kabel war nicht befestigt. Es ist alles in Ordnung. Du kannst beruhigt fahren."

„Danke Grandpa, Du bist und bleibst der Beste. So, aber ich muß jetzt fahren. Dave wartet".

Die Kleine gab mir und Elisabeth einen herzlichen Kuß.

„Und seid vorsichtig da oben am See. In letzter Zeit waren dort viele Einbrüche, so stand in der Zeitung. Und wer weiß wer sich sonst noch da herumtreibt?" Besorgt sah ich Carry an.

„Liebster Granpa: Wir werden schon aufpassen. Ein Serienkiller wird uns schon nicht auflauern. Und dieser Zodiac von damals dürfte schon längst tot sein. Das ist doch schon über fünfzig Jahre her."

Ich nahm das Mädchen in meine Arme, gab ihr einen Kuß auf die Stirn und sagte lächelnd,

„Mein liebes Kind, ich wäre mir da an deiner Stelle nicht so sicher, dass der Zodiac tot ist."

* *

ANHANG

Kriminalhistorische Fakten zum Zodiac Fall

Vallejo in Nordkalifornien. Lebte und lebt vielleicht noch heute der unbekannte Serienkiller hier ?

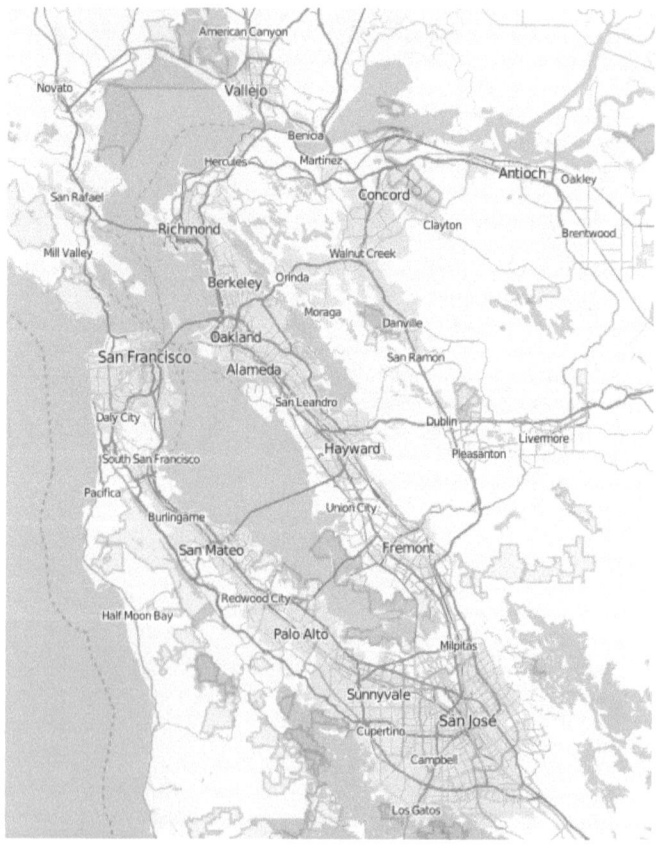

Der Lake Berryessa. Ein wunderschöner Ort, der zum stummen Zeugen eines brutalen Gemetzels wurde.

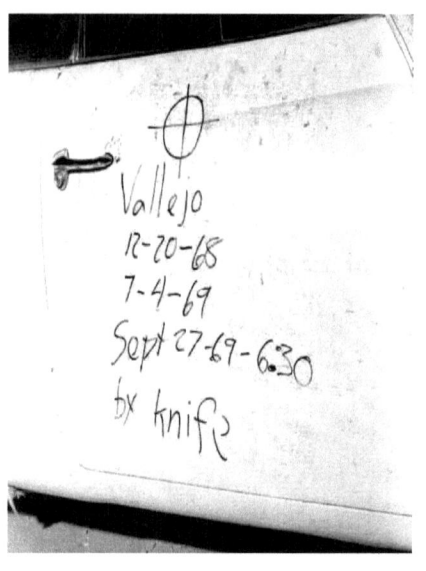

Die zynische Mitteilung des Zodiac am Auto der beiden Studenten nach der mörderischen Attacke am Lake Berryessa.

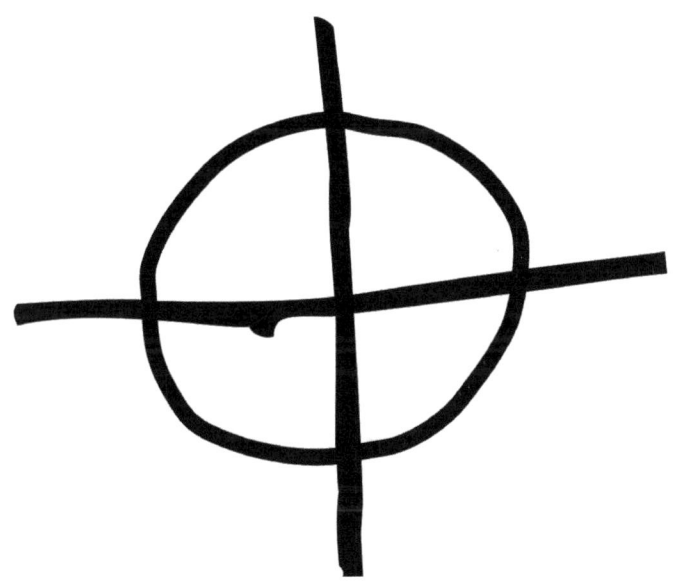

Das düstere Zeichen des Zodiac. Ein einfaches Fadenkreuz oder ein mythisches Koordinatensystem der Morde?

179

Eine der zahlreichen verschlüsselten
Informationen des Zodiac.

180

Entschlüsselter Zodiac Brief

*I LIKE KILLING PEOPLE BECAUSE IT IS SO
MUCH FUN IT IS MORE FUN THAN KILLING
WILD GAME IN THE FORREST BECAUSE
MAN IS THE MOST DANGEROUE ANAMAL
OF ALL TO KILL SOMETHING GIVES ME
THE MOST THRILLING EXPERENCE IT IS
EVEN BETTER THAN GETTING YOUR
ROCKS OFF WITH A GIRL THE BEST PART
OF IT IS THAE W HEN I DIE I WILL BE
REBORN IN PARADICE AND ALL THE I
HAVE KILLED WILL BECOME MY SLAVES I
WILL NOT GIVE YOU MY NAME BECAUSE
YOU WILL TRY TO SLOI DOWN OR ATOP
MY COLLECTIOG OF SLAVES FOR MY
AFTERLIFE. EBEORIETEMETHHPITI*

*Ich töte gerne Menschen, weil es so viel
Spass macht. Es macht mehr Spass, als
Wild im Wald zu töten, denn der Mensch ist
das gefährlichste Tier von allen. Jemand zu
töten ist die aufregendste Erfahrung, besser
noch, als einen Höhepunkt mit einem
Mädchen zu haben. Das Beste daran ist,
wenn ich gestorben bin, werde ich im
Paradies wiedergeboren und alle, die ich
getötet habe, werden meine Sklaven sein.
Ich werde euch meinen Namen nicht geben,
denn ihr werdet versuchen, mein Sammeln
von Sklaven für das Jenseits zu
verlangsamen oder zu verhindern.*

Quellenverzeichnis

Landkarte Kalifornien

Von Mliu92, sourced from OpenStreetMap, under the Open Database LicenseOpenStreetMap Foundation - Möglicherweise findet sich eine Seite auf der OpenStreetMap Wiki-Seite für San Francisco Bay Area, CC BY-SA 4.0, https://commons.wikimedia.org/w/index.php?curid=47510023. Aufruf (/2019

Bild Lake Berryessa
Von Amy - https://www.flickr.com/photos/netdiva/2415830144/, CC BY 2.0, https://commons.wikimedia.org/w/index.php?curid=63365497
Aufruf 08/2019

Logo des Zodiac
Von (Original uploader on Wikipedia) <a href="https://en.wikipedia.org/wiki/User:PNG_crusade_bot" class="extiw" title="en:User:PNG crusade bot">PNG crusade bot</a> - <a href="//commons.wikimedia.org/wiki/File:Zodiac-logo.png" title="File:Zodiac-logo.png">File:Zodiac-logo.png</a>Originally from <a class="external text" href="http://en.wikipedia.org">en.wikipedia</a>; description page is/was <a href="https://en.wikipedia.org/wiki/en:Image:Zodiac-logo.png" class="extiw" title="w:en:Image:Zodiac-logo.png">here</a>. Original uploader was <a href="https://en.wikipedia.org/wiki/User:PNG_crusade_bot" class="extiw" title="en:User:PNG crusade bot">PNG crusade bot</a> at <a class="external text" href="http://en.wikipedia.org">en.wikipedia</a>, Gemeinfrei, <a href="https://commons.wikimedia.org/w/index.php?curid=41571234">Link</a> Aufruf 8/2019

Zodiac Brief
ttp://kryptografie.de/kryptografie/chiffre/zodiac-killer.htm
Aufruf 07/2018
.
ZODIAC- Auf der Spur eines Serienkillers. Taschenbuch
Von Robert Graysmith.
Deutsche Übersetzung von Norbert Jakober
Wilhelm Heyne Verlag,München.2007